HIGANJIMA 2

KÔJI
MATSUMOTO

HIGANJIMA

2

ドキッ
ドキッ
ハー
JE NE PEUX PLUS BOUGER !!
JE SUIS PARALYSÉ !!
IL VA ME BOUFFER !!
IL VA ME BOUFFER !!

ハーー
ハーー
ハーー
ドキッ
NON !!
ドキッ
JE NE VEUX PAS MOURIR !!
ドキッ

GRRR !
KEN !! NON !!
NE RESTE PAS LÀ !!
TU N'AS PAS COMPRIS !!
CE N'EST PAS UN HUMAIN !!
CE N'EST PAS UN HUMAIN !!

C'EST UN MONS-TRE !!

C'EST UN MONS-TRE !!

ポロッ
AH
...
ぱく
ぱく
トンッ
コロコロッ
AH
...
ストッ
ブラ
ブラ

IL L'A MOR-DU !!

IL A MORDU KEN !!
ハッ
ハッ
じわ
じわ
じわ
プシュー

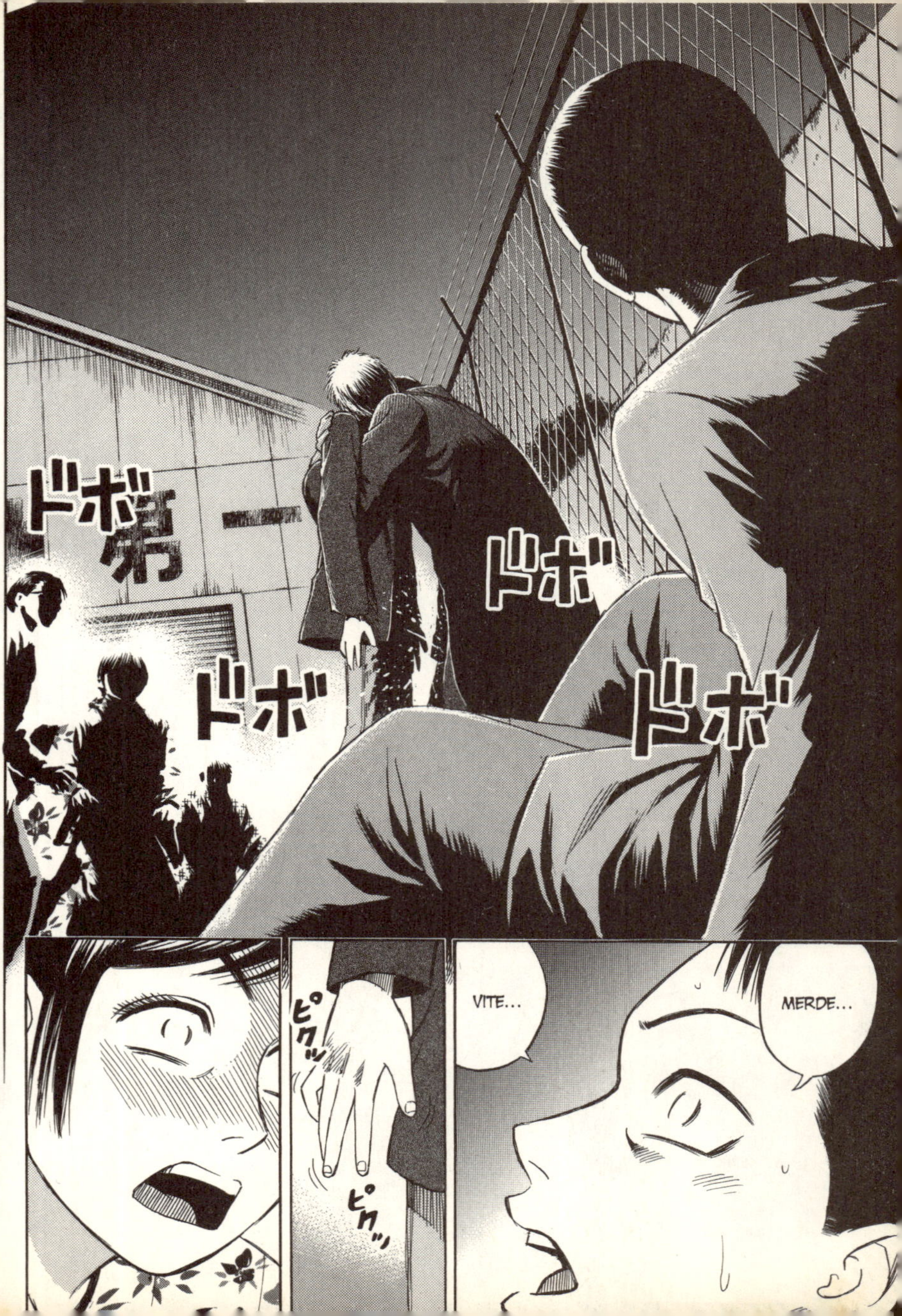
ドボ
ドボ
ドボ
ドボ
MERDE…
VITE…
ピクッ
ピクッ

ハア
ハア
ハア
ハア
ハア
ON N'A PAS BOUGÉ.
MÊME SI ON AVAIT VOULU, ON N'AURAIT PAS PU.
ハッ
ハッ
ハッ
KEN DEVENAIT DE PLUS EN PLUS PÂLE...
AH...
AH...
ハッ
ハッ
ET NOUS NE POUVIONS QU'ASSISTER À CETTE SCÈNE.

NON !!
ハッ
ハッ
ハッ
IL FAUT L'AIDER !
LE SECOURIR !

がく
がく
がく
ガチ
ガチ
ガチ
BOUGE !!
第
ALLEZ ! BOUGE !
ハッ
ハッ
ハッ
VITE !
SINON...
KEN VA...
IL VA...

ド

OUTCH!

QUOI ?!
QUE S'EST-IL PASSÉ ?!
ぐっ
ぐっ
ドサッ
ズッ
ハア
ハア

AKI !! VAS-Y !!

C'EST MAIN-TENANT QU'IL FAUT LE SAUVER !!
ET LÀ, MON CORPS ...
A ENFIN BOUGÉ.
CHAPITRE 7 - FIN

CHAPITRE 8 COMMENT LES MANIPULER
KEN !!
ばっ
KEN !!
KEN !! NON !!
NE MEURS PAS !!
QU'ATTENDEZ-VOUS, BON SANG ?!
DÉPÊCHEZ-VOUS !!
EMMENEZ-LE !!
ぐぐっ
PAR ICI !!

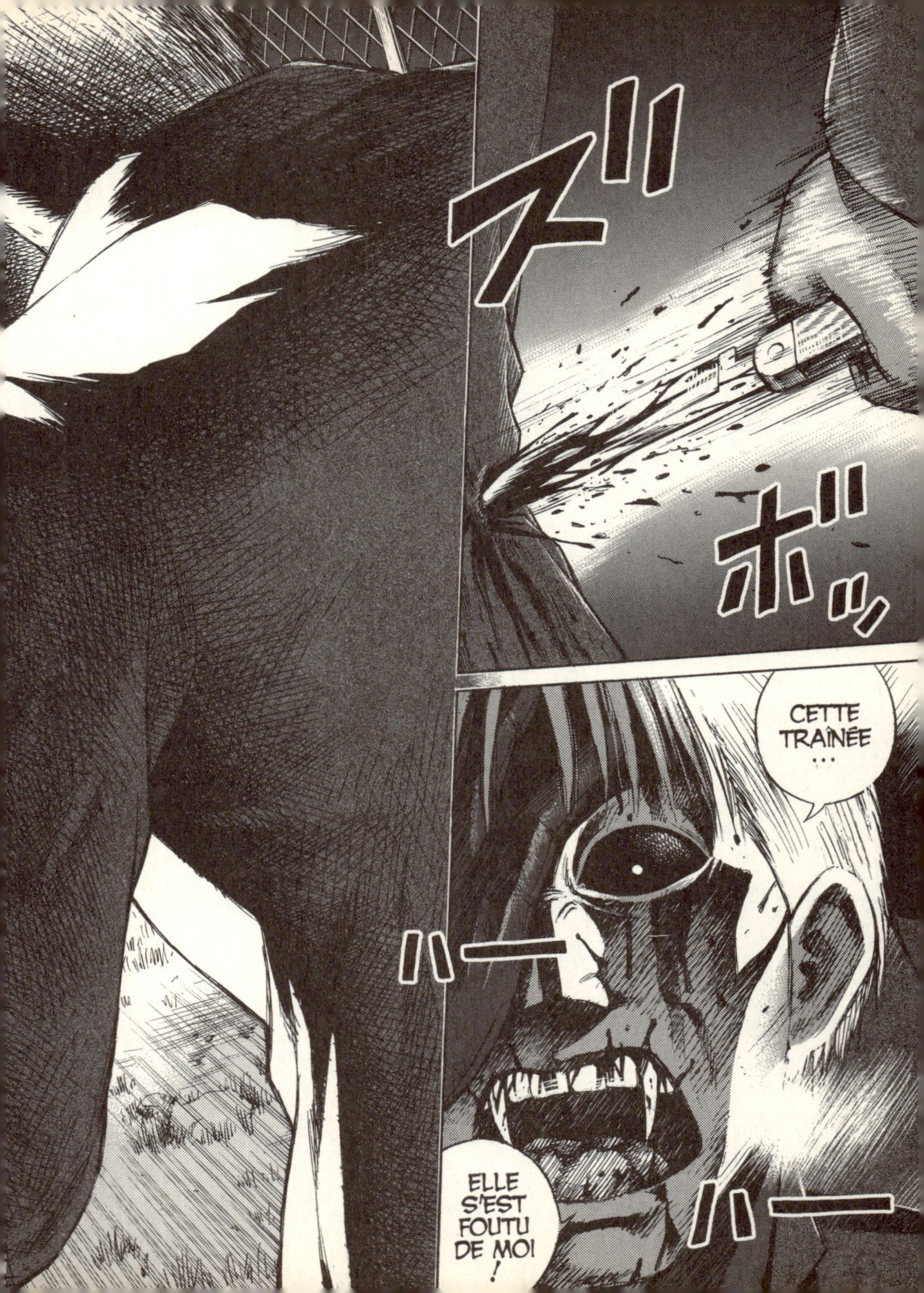
ズ
ボッ
CETTE TRAÎNÉE ...
ハー
ELLE S'EST FOUTU DE MOI !
ハー

第一
ハア
ハア
ハア
ハア
ハア

NE VOUS EN FAITES PAS. SA VIE N'EST PAS EN DANGER.
IL LUI A JUSTE SUCÉ UN PEU DE SANG.
ハア
ハア
SI SON SANG N'A PAS PÉNÉTRÉ DANS LE CORPS DE VOTRE AMI, IL N'Y A PAS DE DANGER.
IL REPRENDRA CONNAISSANCE BIENTÔT.
ハア
ハア
AKI, EMMENEZ-LE AVEC VOUS ET FUYEZ.
EH !
ON PEUT FAIRE CONFIANCE À CETTE FILLE ?
ON N'A PAS LE CHOIX.
C'EST LA SEULE AIDE DONT ON DISPOSE POUR L'INSTANT.

VOILÀ QUI EST RAISONNABLE.
ハア
ハア
JE NE SAIS PAS SI C'EST PARCE QU'ILS ONT LES YEUX ROUGES FONCÉS MAIS...
ハー
ハー
ILS N'ONT PAS UNE BONNE VUE.
IL FAIT SOMBRE ALORS PROFITEZ-EN POUR Y ALLER.
ハア
ハア
ハア
"ILS" ?
ぐぁっ
CE MONSTRE N'EST PAS LE SEUL DE SA RACE ?
LE VOILÀ !
DISPERSONS-NOUS !!

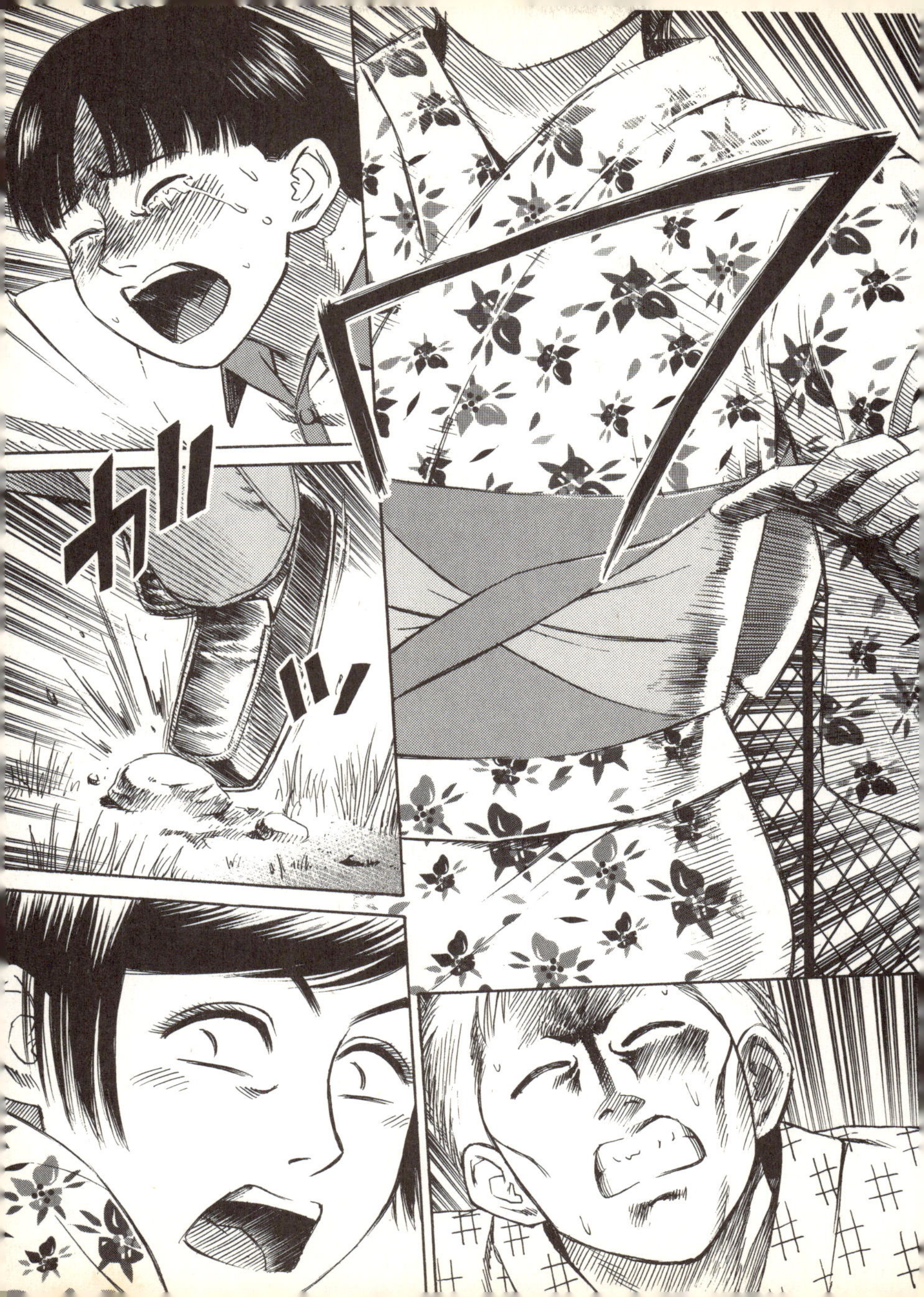
ガッ

ズザッ
AAAAAH !
PON !
ZUT !
MAIS QUI EST-ELLE ?!
ベリッ
ELLE VIENT D'ARRACHER QUELQUE CHOSE !!

PAR ICI, MONSTRE !!
ICI !!
ハア
ハア
ハッ
ハッ
ハッ
ダッ
ムわっ

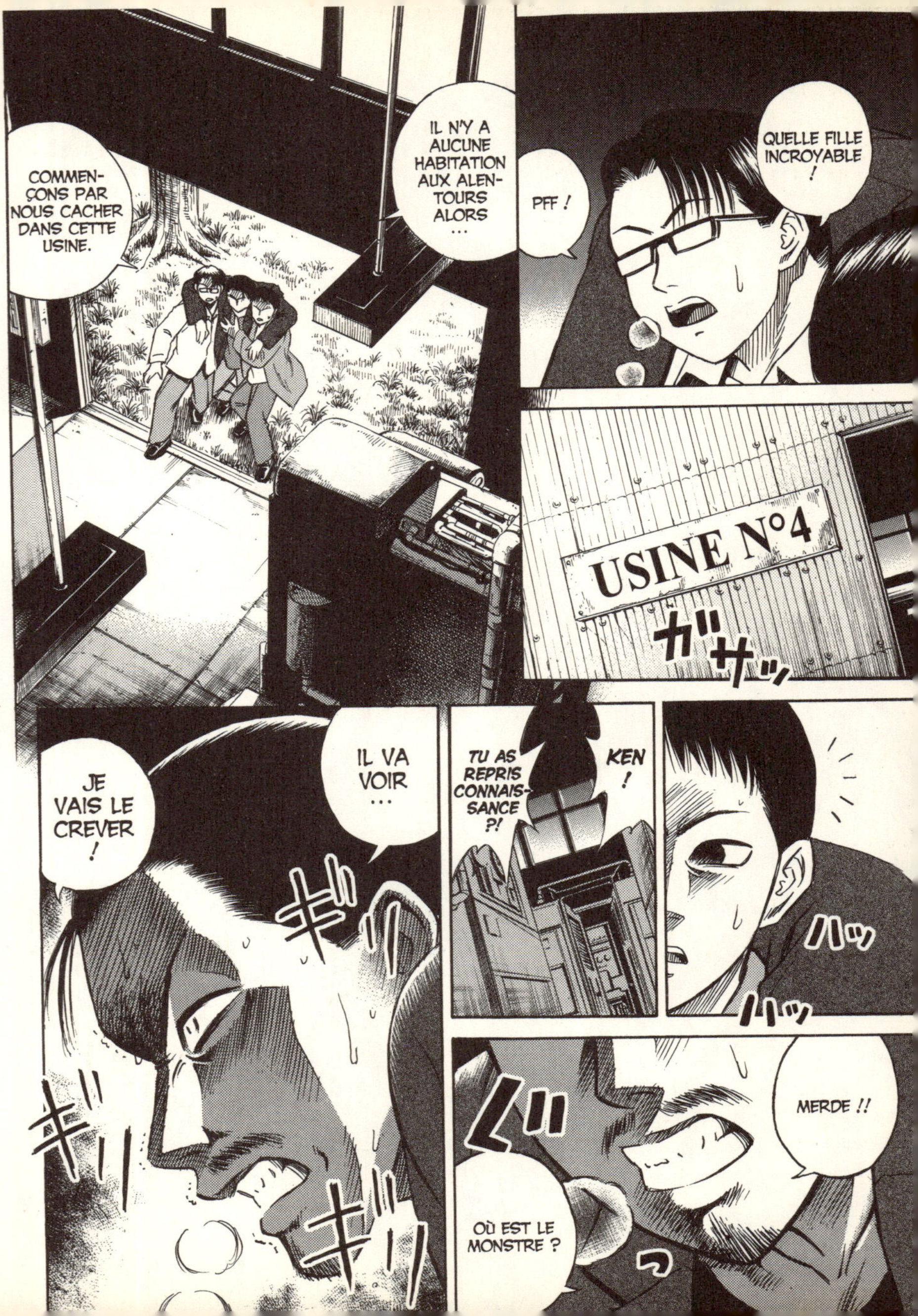
QUELLE FILLE INCROYABLE !
PFF !
IL N'Y A AUCUNE HABITATION AUX ALENTOURS ALORS...
COMMENÇONS PAR NOUS CACHER DANS CETTE USINE.
USINE N°4
ガサッ
KEN !
TU AS REPRIS CONNAISSANCE ?!
ハッ
ハッ
IL VA VOIR...
JE VAIS LE CREVER !
ギリ
ギリ
ギリ
MERDE !!
OÙ EST LE MONSTRE ?
ぐッ

AH…
ALLONS, KEN, SOIS RAISONNABLE.
ひそ
ひそ
C'EST IMPOSSIBLE ! IL FAUT S'ENFUIR !!
TA GUEULE !!
VOUS, FUYEZ !!
MOI, JE VAIS ALLER LE TUER, TOUT SEUL !!
ZUT !
IL M'A FILÉ LA HONTE DE MA VIE…
ET VOUS CROYEZ QUE JE VAIS LE LAISSER PARTIR ?!
ON DOIT FAIRE QUELQUE CHOSE POUR LE CALMER SINON…
KEN, COMMENT TE SENS-TU ?
TU PEUX BOUGER NORMALEMENT ?
HEIN ?
OUI…
J'AI QUELQUES ENGOURDISSEMENTS MAIS ÇA VA.
ハア
ハア
C'EST BON, KEN.
ON VA TOUS Y ALLER POUR LE TUER.

ON VA METTRE UN PLAN AU POINT ENSEMBLE ET ON VA LE TUER.
MAIS PROMETS-MOI DE NE PAS AGIR TOUT SEUL.
OK.
ハア
ギリッ
D'AC-CORD, COMME TU VEUX.
OUPS...
よろっ
BIEN JOUÉ, NISHI-YAMA.
HÉ ! HÉ !
QUOIQU'IL EN SOIT, LA PRIORITÉ, C'EST QUE TU RETROUVES TES FORCES.
RES-TONS PLAN-QUÉS QUEL-QUES TEMPS.

ゴッ
ハア
ハア
ハーー
ハー
ゴッ
ゴッ
ハーー
ハーー

AAAAAH !
C'EST LA VOIX DE KEN !!
MERDE !! POURQUOI FAUT-IL...
QU'IL S'EN PRENNE À KEN ?!
OÙ EST-IL ?!
ENFOIRÉ !!
TU VAS VOIR !!
PAR LÀ-BAS !!

カッ
ポキッ
ガリーンッ
ON SE TIRE D'ICI !!
KEN !!
ÇA VA ?
ハア
ハア
ハア
ハア
ハア
ハア
ハア
ハア
HEIN ?!

ハア
ハア
QU'A-T-ELLE MIS SUR SES PLAIES ?
DU RUBAN ADHÉSIF ?
ハア
ハア
QUOI ?
EUH, NON, RIEN…
KYAAAAAA !!
C'EST YUKI !
LAIS-SEZ-MOI FAIRE !!
J'Y VAIS AUSSI !!
AT-TENDS !!
AKI…
J'AI COMPRIS.
ハア
ハア

CETTE FILLE…
QUE CROIS-TU QU'ELLE FASSE ?
ハア ハア
ハア ハア
JE PENSE QU'EN FAIT …
IL REPÈRE L'ODEUR DU SANG.
ハア ハア ハア
RÉFLÉCHIS ET RAPPELLE-TOI.
CE MONSTRE A UNE MAUVAISE VUE.
POURTANT, IL A FACILEMENT RETROUVÉ KEN ET YUKI.
ET ELLE, À L'AIDE DE RUBAN ADHÉSIF, ELLE DIFFUSE OU EFFACE L'ODEUR DE SON PROPRE SANG.
MAINTENANT QU'IL LE DIT, C'EST VRAI …
KEN A DES PLAIES DE SA MORSURE DE TOUT À L'HEURE !!
ELLE LE MANIPULE DE CETTE MANIÈRE.
HEIN ? YUKI ?
ELLE A UNE PLAIE QUELQUE PART ?
ハア ハア
ザワ
ザワ

KEN ! REGARDE, JE ME SUIS COUPÉE À LA MAIN !!
MAIS QUELLE IDÉE AUSSI DE VOULOIR PASSER PAR UNE FENÊTRE QUAND ON PORTE UNE TENUE PAREILLE ?!
MERDE !!
SI ON NE FAIT RIEN, IL NE LÂCHERA PAS YUKI !!
AKI ! TIENS !
AH…

TOI, TU VAS TE CHARGER DE POSER ÇA SUR LA PLAIE DE YUKI.
COMMENT SE FAIT-IL QUE TU AIES ÇA SUR TOI ?
EH ! T'OCCUPE ! MES PARENTS ONT UNE PAPETERIE.
KEN ET MOI, ON VA TENDRE UN PIÈGE ICI !!
ハア
ハア
ハア
POUR L'ATTIRER JUSQU'ICI, ON VA AVOIR BESOIN DE BEAUCOUP DE SANG.
KEN, TU N'AURAIS PAS QUELQUE CHOSE DE TRANCHANT ? UN COUTEAU OU...
HÉ !
REGARDE PAR ICI !
J'AI DU GROS "CALIBRE".
MERDE !
ET MERDE !
ガタ
ガタ
ガタ
ガタ
UUH...
UUH...
ハッ
ハッ
ハッ
ハー
ハー

ドキ
ドキ
ガチ
ガチ
ガチ
ハア
ハア
VAS-Y, AKI !!
VA AU SECOURS DE YUKI !!
CHAPITRE 8 - FIN

C'EST BIEN COMPRIS ? ON VA TENDRE NOTRE PIÈGE PRÈS DE CES DISTRIBUTEURS AUTOMATIQUES.
ハア
ハア
TOI, TU T'OCCUPES DE SECOURIR YUKI.
ET TU TE DÉBROUILLES POUR ATTIRER LE MONSTRE PAR LÀ.
ハア
ハア
OÙ ES-TU, YUKI ?!
ハッ
ハッ
JE DOIS LA SAUVER !!
CHAPITRE 9 COMBAT EXCITANT

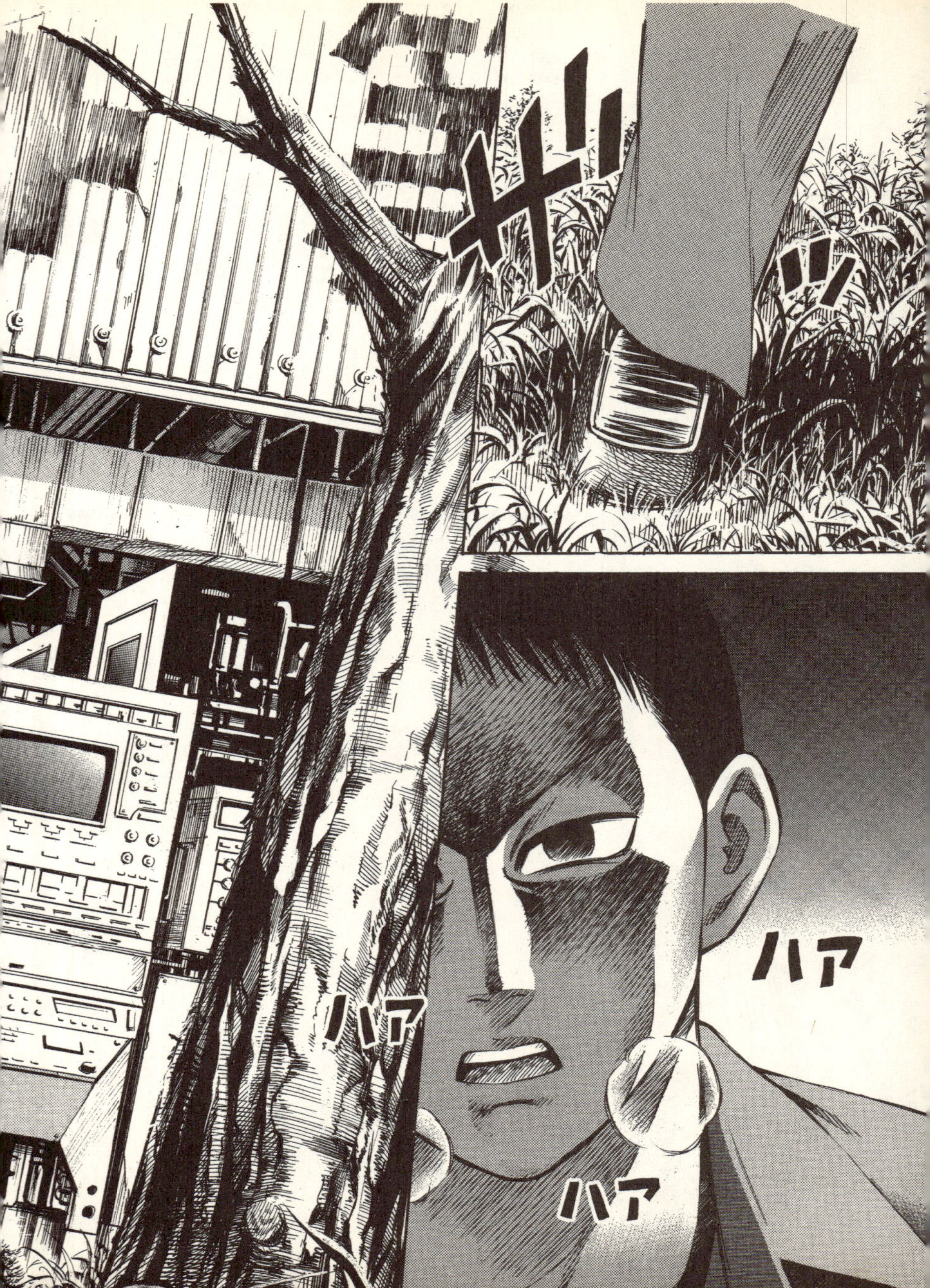
ザッ
ハア
ハア
ハア

USINE N°4
ハア
ハア
ハア

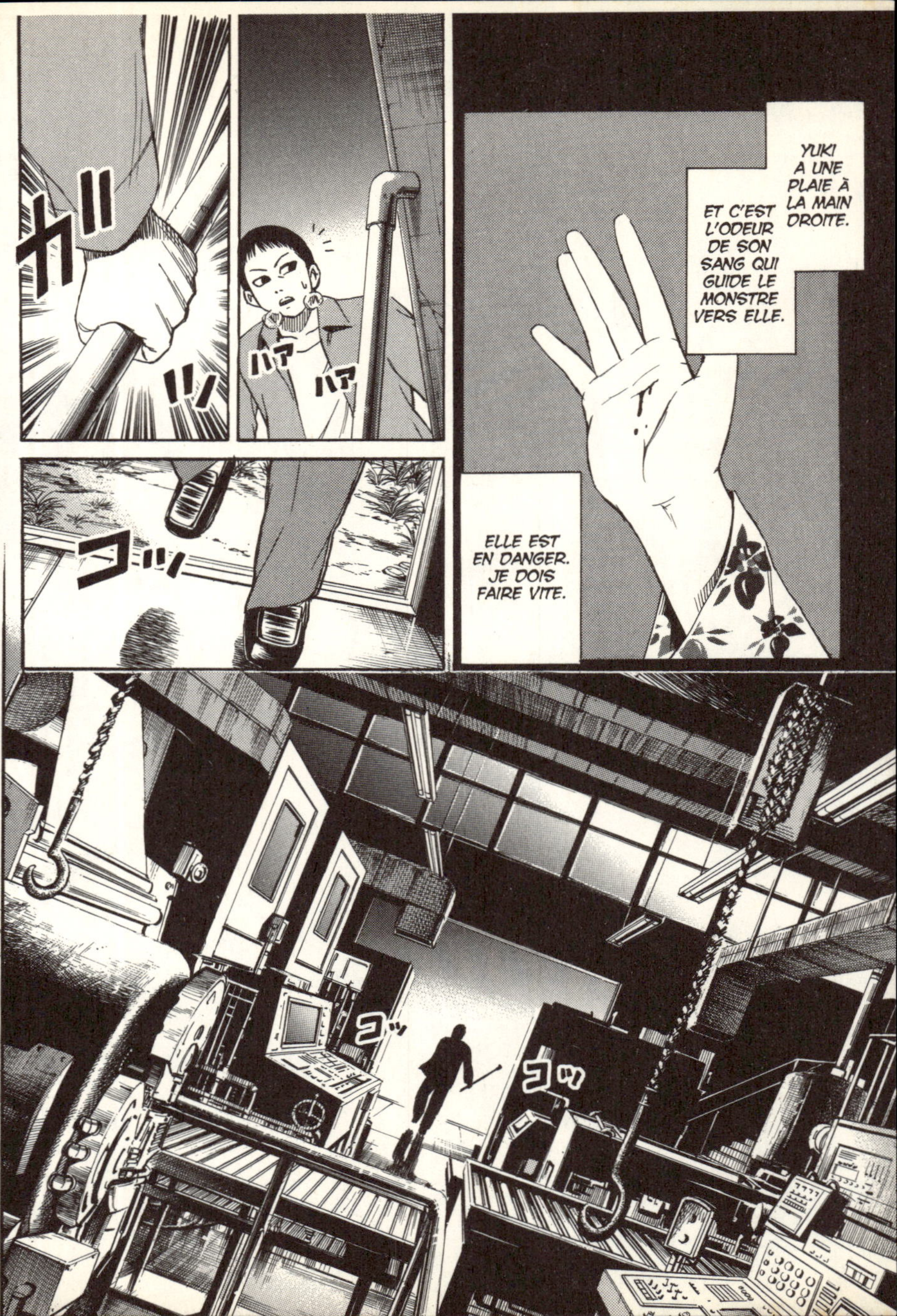
YUKI A UNE PLAIE À LA MAIN DROITE.
ET C'EST L'ODEUR DE SON SANG QUI GUIDE LE MONSTRE VERS ELLE.
ELLE EST EN DANGER. JE DOIS FAIRE VITE.
ハア
ハア
カッ
コッ
コッ
コツ

ON N'Y VOIT RIEN LÀ DEDANS ...
JE DOIS LA RE-TROUVER ...
ハッ
ハッ
ハッ
カンッ
びくっ
ハッ
ハッ
ハッ
JE SUIS CON OU QUOI ?
C'EST JUSTE UN ÉCROU ...

ハー
ハー
ドキ
ドキ
ドキ
ドキ
ポタッ
ポタッ
ポタッ
ガタ
ガタ
ガタ
ハー
ハー
スッ

ハー
ハー
ドキ
ドキ
ドキ
ドキ
ドキ
ハッ
ハッ
ハッ
AUTREMENT DIT, SI JE LE SUIS ...
ガタッ
OUI ! C'EST BIEN ÇA !
IL SE GUIDE À L'ODEUR DU SANG !!
ハッ
ハッ
ハッ
IL ME CONDUIRA JUSQU'À YUKI !!

ÇA VA ALLER.
IL NE ME TROUVERA PAS.
JE VAIS ...
ガチ
ガチ
ガチ
SECOURIR YUKI !!
コッ
コッ
コッ
コッ
QU'EST-CE QU'IL A ?
ハア
ハア
ハア
IL S'EST ARRÊTÉ ...

LÀ !
C'EST LE YUKATA* DE YUKI !!
*KIMONO D'ÉTÉ
ドキ
ハー
ドキ
ドキ
ハー

ドキ
ドキ
IL N'A PAS ENCORE REPÉRÉ PRÉCISÉMENT ...
OÙ ÉTAIT YUKI !!
ドキ
ドキ
ぐっ
!!
ガン

AKI !!
JE L'EMMÈNE AVEC MOI JUSQU'AUX DISTRIBUTEURS AUTOMATIQUES...
ET LUI, IL VA SUIVRE L'ODEUR DE SON SANG...
YUKI ! PAR ICI !
OUI !!

ALORS ?!
EST-CE QU'IL NOUS SUIT ?!
AH !! IL EST TRÈS RAPIDE !!
IL DEVRAIT POURTANT AVOIR UNE JAMBE CASSÉE ?!
GRRR
C'EST UN MONSTRE !!
UN MONSTRE !!

ON Y EST…
ハッ
ハッ
PRESQUE !
ハッ
HA-AA !
カスッ
HAAA !
AH, NON…
JE N'EN PEUX PLUS !
ON N'ARRIVERA PAS JUSQUE LÀ-BAS !!
ハッ
ハッ
IL FAUT QU'ON SE CACHE QUELQUE PART SINON…
ON VA SE FAIRE BOUFFER TOUS LES DEUX !!
ハッ
ハッ
YUKI !! DONNE-MOI TA MAIN !!
LA DROITE !!
HEIN ?
IL FAUT ENLEVER L'ODEUR DE SANG !!
ビッ

EN-TRAÎNE-LE !!
TOUT DROIT ! VERS LES DIS-TRIBU-TEURS !!
OK ! COMPTE SUR MOI !!

ハッ
ハッ
ハッ
L'ODEUR À DISPARU !
OÙ EST-ELLE ?!
ハッ
ハッ
LÀ !!
!!
LA FILLE… ELLE A RÉUSSI À PRENDRE LE RELAIS.
ハッ
ハッ
ハッ
ハッ
ÇA VA ALLER.
MAIS…
OÙ EST-ELLE PASSÉE ?!
ハッ
ハッ
RAAH… CETTE ODEUR SI FORTE…
ハッ
ハッ
ハッ
ハッ
ハッ
!!
UNE ODEUR DE SANG FRAIS…

ハッ
LA VOILÀ.
ハッ
ドン
ハッ
ハッ
ポタ
ポタッ
BEN ALORS, VIEUX...
TU T'ES FAIT ATTENDRE.
ハッ
ハッ

ド

ILS ONT RÉUSSI !?
ILS L'ONT EU ?!
CHAPITRE 9 - FIN

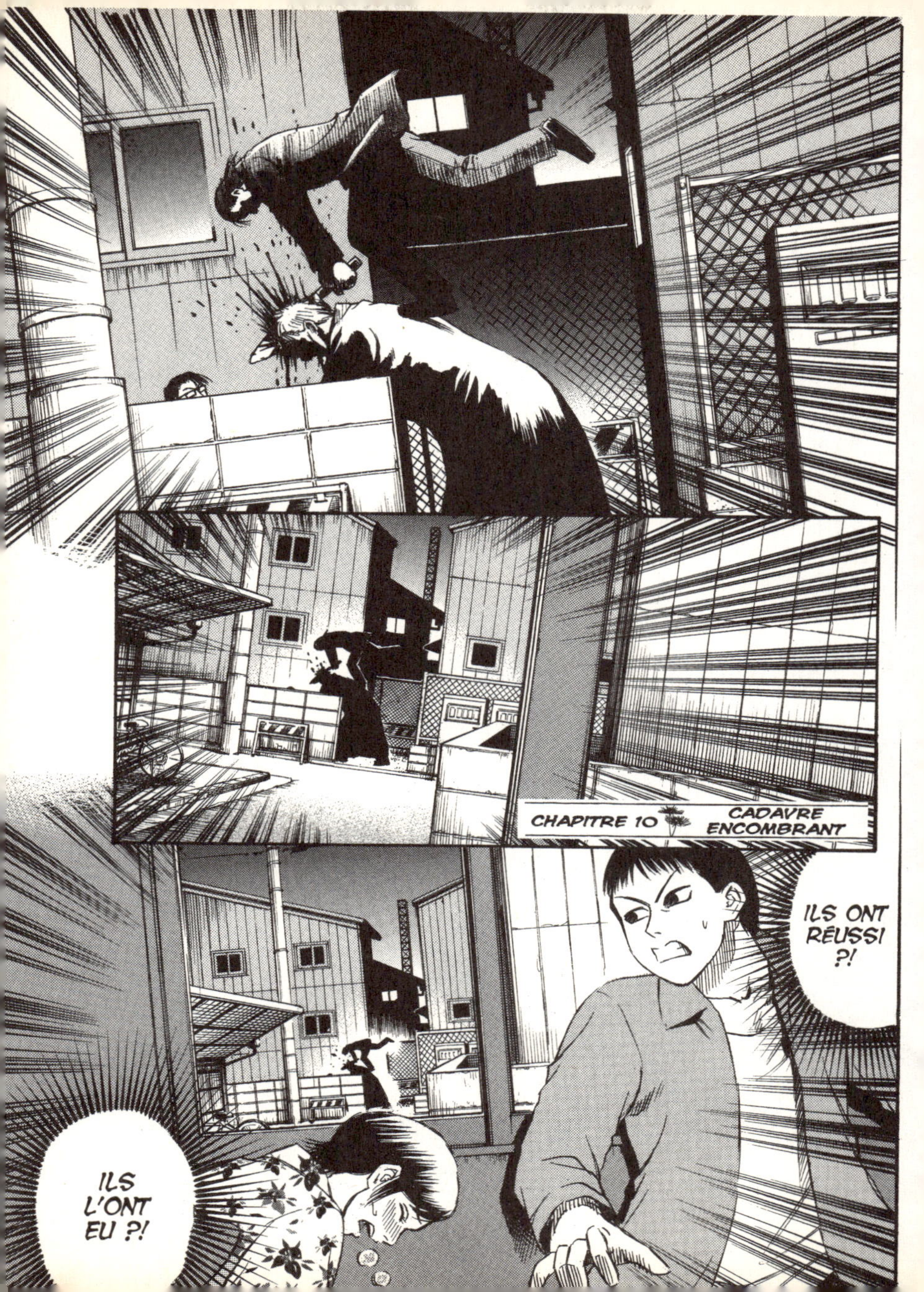
CHAPITRE 10
CADAVRE ENCOMBRANT
ILS ONT RÉUSSI ?!
ILS L'ONT EU ?!

AAAAAAAAAAH!!

AAAAAAAH!!

ATTENTION !!
SON SANG EST UN POISON VIOLENT !!
QUE...
QUOI ?!

AAAAH !!
OOH !
AH !
ドッ
ザッ
ガッ
ゴッ
ATTEN-TION !
NE LAISSE PAS SON SANG ENTRER PAR TA PLAIE AU BRAS !!

QUOI ?
ポタ
ポタ
RAAAAAAH !
ガン

ハア
ハア
ハア
ハア
ドサッ
ハア
ハア
ピクッ
ピクッ
IL NE BOUGE PLUS.
ハッ
ハッ
ON A RÉUSSI.
カッ

ガッ
ブルッ
パッ

チュー
チュー
ペッ
J'AI ASPIRÉ CE QU'IL FALLAIT.
ENSUITE IL FAUT NETTOYER LA PLAIE SINON...
OÙ Y A-T-IL DE L'EAU ?!
ハア
ハア
ハア
JE CROIS QUE C'EST TERMINÉ.
ALLONS-Y, YUKI.
ハア
ハア
ハア
ハア

ハア
ハア
ハア
ハア
ジャー
SON SANG, QU'EST-CE QU'IL A ?
ドボ
ドボ
VOUS AVEZ DIT QUE C'ÉTAIT UN POISSON VIOLENT...
ドボ
キュッ
ドボ
ドボ
ドボ
ドボ
MAIS QUI EST CETTE FILLE ?!
DE QUOI PARLE-T-ELLE AVEC NISHIYAMA ?!
ハア
ハア
ハア

OUI. ON EN MEURT À COUP SÛR.
C'EST DONC UN POISON VIOLENT.
ペロッ
ELLE A PASSÉ SA LANGUE SUR SES LÈVRES !
ハア
ハア
ELLE LUI AURAIT RACONTÉ UN MENSONGE ?
AKI, TU ES MALADE OU QUOI ?!
EMMENER YUKI ICI ?!
QUOI ?

AH !
ダッ
KATÔ, OCCUPE-TOI D'ELLE.
OUI.
ハア ハア
ハア
ハア
ドキ
ドキ
ドキ
ドキ
ゲェ
ゲエエ
ドボ
ドボ

ドキ
ドキ
UN CADAVRE.
ドキ
ドキ
C'EST UN CADAVRE.
REGARDE BIEN.
ÇA A TOUT DU CADAVRE D'UN HUMAIN.
ハア
ハア
ハア
ドキ
ドキ
POURTANT, NOUS…
C'EST BIEN UN MONSTRE QUE L'ON A TUÉ, HEIN ?

OUI.
AUCUN DOUTE.
OUI, C'ÉTAIT BIEN UN MONSTRE.
ハア
ハア
MERDE !
C'EST DÉGOÛTANT.
AVEC DES CHEVEUX TOUT BLANCS, DES YEUX ROUGES.
ET MÊME DE LONGUES DENTS.
ハア
ハア
ハア
HEIN ?
DES CHEVEUX BLANCS ?
MAIS LÀ...
C'EST LE CORPS DE QUELQU'UN AVEC DES CHEVEUX NOIRS, NON ?

QUOI ?
NE DIS PAS DE CONNERIE, ALLONS ...
ガタッ
C'EST POURTANT VRAI.
REGARDONS SES YEUX.
ハア
ハア
ILS SONT NORMAUX.
ハア
ハア
ハア
ハア
ハア
BON SANG...
MAIS QU'EST-CE QUE ÇA VEUT DIRE ?!

ハア
ハア
JE N'EN SAIS RIEN MAIS PEUT-ÊTRE...
QU'ON A EU UNE ILLUSION COLLECTIVE TEMPORAIRE...
ÇA NE VA PAS, NON ?!
TU SERAIS EN TRAIN DE ME DIRE QUE J'AI TUÉ UN HOMME ?!
NON...
IL Y A UNE ÉVENTUALITÉ ENCORE PIRE.
ON S'EST TROMPÉ DE PERSONNE.
ハッ
ET LE VRAI MONSTRE...
EST PLANQUÉ QUELQUE PART PRÈS D'ICI...
ドキ
ドキ
ドキ
ハッ
ハッ

AAAAAH !
AH...
QUOI ?!
QU'Y A-T-IL, AKI ?!
PERSONNE ?
ÇA ALORS...
NE VOUS EN FAITES PAS.
ハッ
ハッ
ハッ
CE CADAVRE EST BIEN CELUI D'UN MONSTRE...
ET NON D'UN HOMME.
LEUR APPARENCE NORMALE EST À PEINE DIFFÉRENTE DE CELLE DES HOMMES.
C'EST LORSQU'ILS SONT PRIS D'EXCITATION QUE LEURS CHEVEUX DEVIENNENT BLANCS ET LEURS YEUX ROUGES.

LEURS DENTS PAR CONTRE, ELLES SONT TOUJOURS VISIBLES. VOUS POUVEZ VÉRIFIER.
AH ! C'EST VRAI !
ハッ
ハッ
ハッ
クルッ
QU'EST-CE QUE C'ÉTAIT... ?
UNE ILLUSION ?
PON !! KATÔ !!
EMMENEZ LA FILLE ET YUKI AVEC VOUS...
ET ALLEZ NOUS ATTENDRE À LA BARAQUE !!
KEN ! QU'EST-CE QUE VOUS ALLEZ FAIRE ?
NOUS, ON VA ALLER ENTERRER LE CORPS DANS LA MONTAGNE.
キッ
VOILÀ !
ON L'EMBALLE AVEC DES SACS PLASTIQUE ET ON LE MET DANS LE COFFRE.
ハア
ハア
ハア
ハア

EH ! AKI !
ハア
ハア
ハア
LAISSE ! JE M'OCCUPE DE LA TÊTE.
TIENS ? SES MEMBRES SE PLIENT FACILEMENT ?
がさ
がさ
AH OUAIS ? BEN TANT MIEUX ...
BON.
ALLEZ ! ON LE SOULÈVE !
HOP
TIENS ?
ぐっ
ÇA NE FERME PAS !
IL FAUT DIRE QU'IL EST GRAND.
ぐぐっ
NON, C'EST BIZARRE.
NORMALEMENT, APRÈS LA MORT, LE CORPS DURCIT.
ハア
ハア
ハア
ON NE DEVRAIT PAS POUVOIR LUI PLIER LES MEMBRES AUSSI FACILEMENT.
OH, C'EST BON, AKI !
JE VAIS MAINTENIR LE COFFRE FERMÉ AVEC UNE CORDE.
EN ROUTE !

ゴォオオオ
オオオ
ドキ
ドキ
ガタン ガタン
ヌッ
ドキ
ドキ
ドキ
JE SUIS CON OU QUOI ?
IL FAUT TOUJOURS QUE J'AIE DES VISIONS BIZARRES...
AH... UNE RIVIÈRE.

CHAPITRE 10 - FIN

CHAPITRE 11 SIGNAL D'ALERTE
ゴォオ
STOP !
ARRÊTE LA VOITURE !!
ォオオ

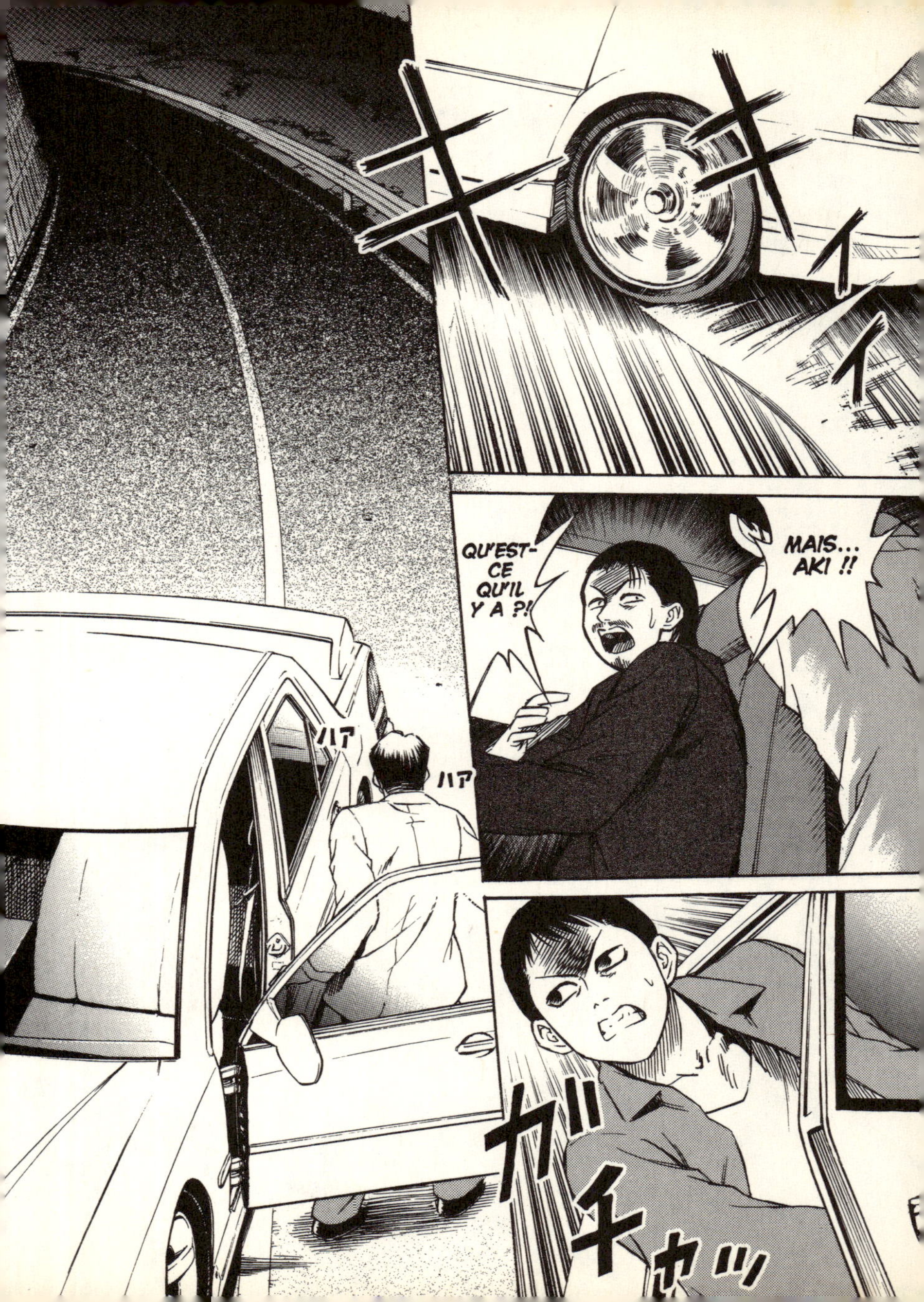
キキィィ
MAIS... AKI !!
QU'EST-CE QU'IL Y A ?!
ガチャッ
ハア
ハア

ハア
ハア
ハア
PER-SONNE… ?
ÇA ALORS…
ハア
ハア
NI MÊME DU CÔTÉ DE LA RIVIÈRE…
BEN ALORS ?!
QU'Y A-T-IL, AKI ?!
JE… J'AI VU LE MONSTRE MARCHER ICI…
QUOI ?

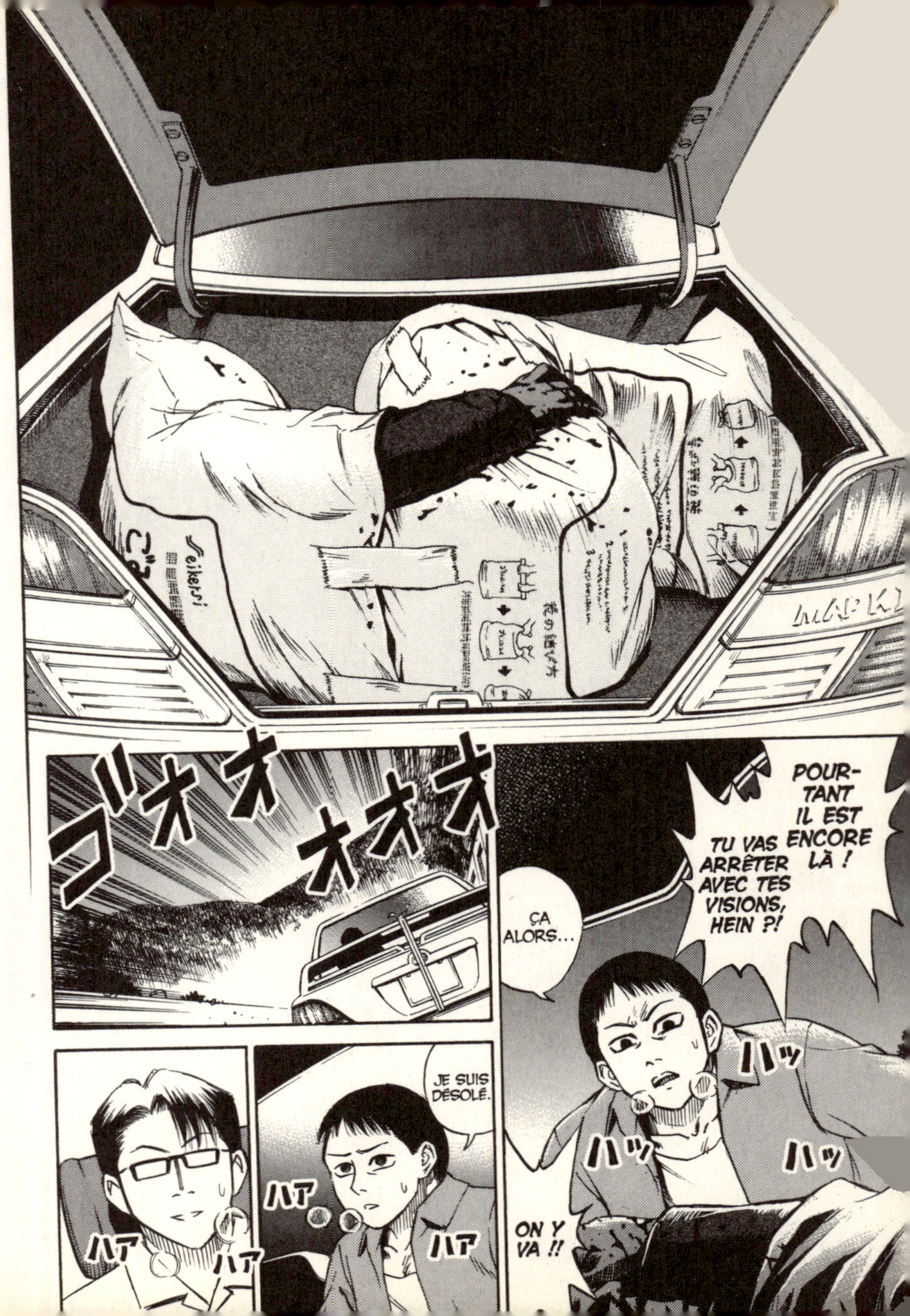
POURTANT IL EST ENCORE LÀ !
TU VAS ARRÊTER AVEC TES VISIONS, HEIN ?!
ÇA ALORS...
ハッ
ハッ
ハッ
ON Y VA !!
ゴオオオオオオ
JE SUIS DÉSOLÉ.
ハア
ハア
ハア
ハア

NON, CE N'EST PAS GRAVE.
APRÈS TOUT, FAIRE DES TRUCS PAREILS EN PLEINE NUIT...
CE N'EST PAS ÉTONNANT D'AVOIR DES VISIONS.
ゴォオ
PERSONNE N'AVAIT PU PRÉVOIR ÇA.
TRANS-PORTER UN CADAVRE...
DANS MA « JIMMY HEN » ...PFF !
オオ
BON, DÉPÊCHONS-NOUS D'EN-TERRER CE CORPS.
J'AI UNE MONTAGNE DE QUES-TIONS...
À POSER À CETTE FILLE.
HEIN ?
KEN NE SAIT PAS...
QUE C'EST ELLE QUI EST VENUE À SON SECOURS ?!
ザッ
ザッ
ザッ

ÇA DEVRAIT ALLER COMME ÇA…
NON, CREUSONS ENCORE UN PEU. IL EST GRAND.
PFF !
C'EST RÉPUGNANT !
AU FAIT, KEN…
À PROPOS DE LA FILLE…
JE NE CROIS PAS QUE CE SOIT UNE SI MAUVAISE PERSONNE QUE ÇA.
COMMENT DIRE…
ELLE T'A MÊME SAUVÉ LORSQUE …
TA GUEULE !!

L'AFFAIRE EST CLOSE.
クルッ
ALLONS CHERCHER LE CORPS.
ハア
ハア
ぐぐっ
POURQUOI A-T-IL FALLU QUE CE SOIT ELLE…
MERDE ! C'EST MINABLE…
ハッ
ハッ
ハッ
ALORS IL SAVAIT ?
AH…
ばさっ
QU'EST-CE QUE C'EST ?
AH !
AKI…
CE NE SERAIT PAS UN DES SACS QUI ENVELOPPAIT LE CADAVRE… ?

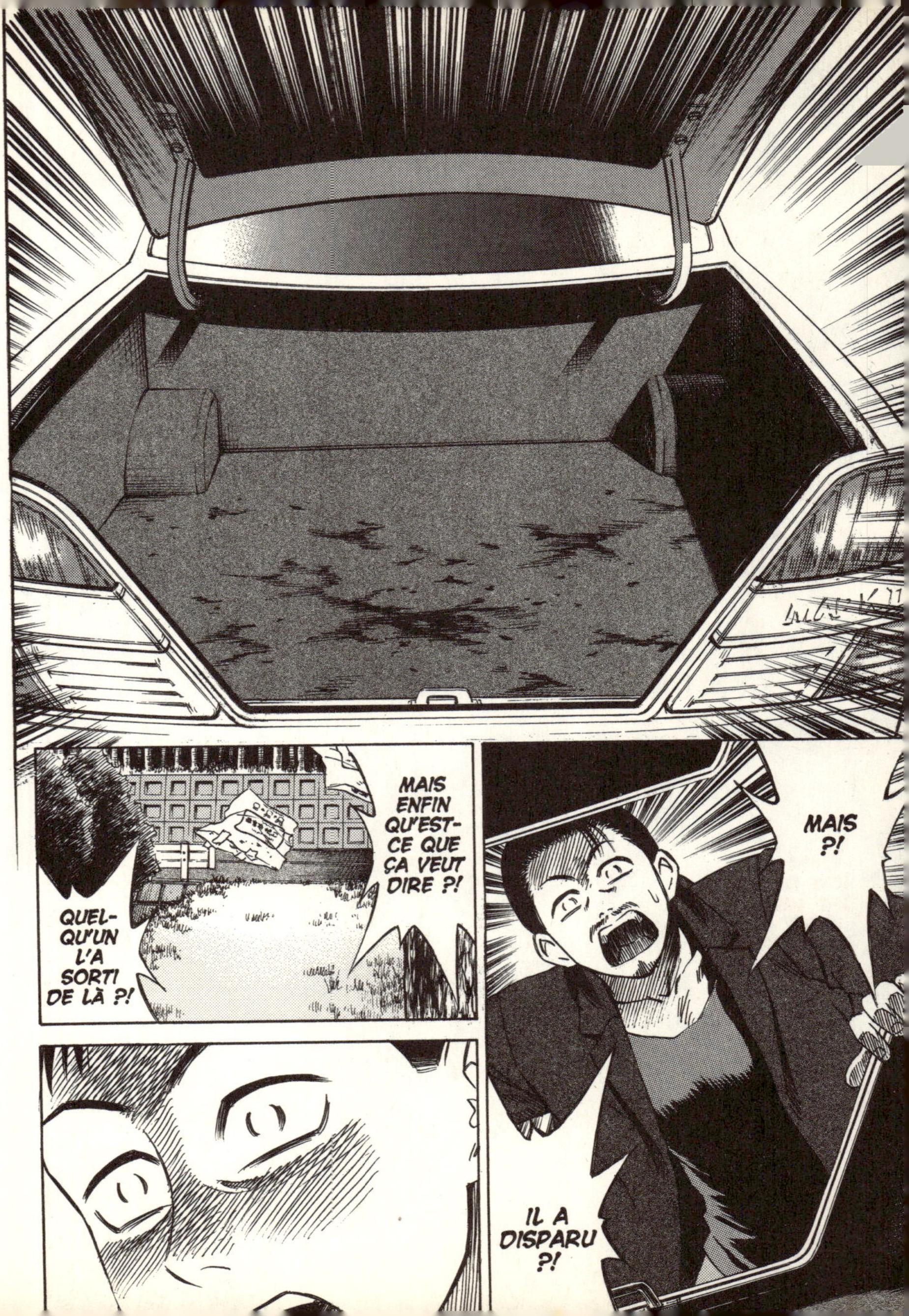
MAIS ?!
IL A DISPARU ?!
MAIS ENFIN QU'EST-CE QUE ÇA VEUT DIRE ?!
QUELQU'UN L'A SORTI DE LÀ ?!

À LA RIVIÈRE !
C'EST LÀ QU'IL EST !!
VITE !!
ガチャッ
KEN ! PRENDS LE VOLANT !
RIEN NE ME DIT QUE C'EST BIEN LÀ.
PAR ICI ?!
C'EST LÀ QUE TU AS UNE VISION TOUT À L'HEURE, NON ?!
MAIS JE LE « SENS ».
ゴオオオオ
MAIS...
AH !
C'EST VRAI, ÇA !!

LÀ !!
C'EST LUI !!
IL EST LÀ !!
L'ENFOIRÉ…
IL ÉTAIT TOUJOURS VIVANT ?!
MAIS ?! KEN !!
QU'EST-CE QUE… ?!

ガッ
がンッ

ALLÔ ? OUI, C'EST KATÔ.
KEN ?
QU'EST-CE QUI T'ARRIVE ? NE CRIE PAS COMME ÇA !

NE POSE PAS DE QUESTION, KATÔ !
ET PASSE-MOI LA FILLE !!
LE MONSTRE N'ÉTAIT PAS MORT !!
ET IL BOUGE ENCORE !!
ガタ
ガタ
ガタ
QUE FAUT-IL FAIRE POUR QU'IL MEURT ?!
C'EST KEN...
HEIN ?
ÉCRASER LA TÊTE JUSQU'À CE QUE SA CERVELLE EN SORTE.
APRÈS, VOUS POUVEZ ÊTRE SÛRS QU'IL NE BOUGERA PLUS.

AAAAH !!
RAAH !
RAAH !
MEURS !!
JE T'EN PRIE !! MEURS !!

オエッ
ゲエエエッ
ハア
ハア
ゲボッ
ドボ
ドボ
ドボ
ALLEZ ! ON Y VA !
ON EMBALLE TOUT ÇA À NOUVEAU...
ET ON L'ENTERRE COMME PRÉVU.
VOILÀ.
トン
トン
ハア
ハア
ハア
ハア
ハア
ハア
C'EST FINI.
C'EST FINI !

ハア
ハア
ハア
ハーア
ハア
ハア
ゴォォ
ォォォ
AKI...
TU SAVAIS QU'IL Y AVAIT UNE RIVIÈRE ICI.
OUI.
ET JE ME DEMANDE COMMENT.
TOUT À L'HEURE... TU AS EU UNE VISION...
ENFIN, UNE SORTE D'ILLUSION, HEIN ?
OUI, C'EST VRAI.

SANS CELA, C'EST SÛR...
ON N'AURAIT PAS SU OÙ ÉTAIT CE MONSTRE.
ÇA T'ARRIVE PARFOIS.
ET NOUS, ÇA NOUS ARRIVE DE PENSER QUE TU AS QUELQUE CHOSE DE DIFFÉRENT.
DIFFÉRENT ? ET QUOI DONC ?
LES HISTOIRES.
DEPUIS QU'ON EST GOSSES, TU INVENTES DES HISTOIRES ET TU NOUS LES RACONTES.
ON PEUT DIRE QUE ÇA FAIT PARTIE DE TOI MAINTENANT.
ET SANS QUE TU LE VEUILLES...
TON CERVEAU RÉFLÉCHIT...
ET JE PENSE QU'IL PEUT BIEN CRÉER DES HISTOIRES À PARTIR DE TOUT CE QUI EST ENVISAGEABLE DANS UNE SITUATION DONNÉE.

HEIN ?
TU AVAIS SOULIGNÉ LE FAIT QU'IL N'Y AVAIT PAS DE DURCISSEMENT POST-MORTEM.
IMAGINONS QUE TU AIES SUPPOSÉ QU'IL ÉTAIT VIVANT.
AVEC DU SANG PLEIN LES YEUX ET LE NEZ...
SI TU ENTENDS UN BRUIT D'EAU...
TU VAS TE LAVER LE VISAGE, NON ?
TA VISION ÉTAIT COMME UN SIGNAL D'ALERTE...
UNE SORTE DE MESSAGE ENVOYÉ PAR TON CERVEAU.
キッ
FINIS LES BAVARDAGES.
ハッ
ハッ
ON EST ARRIVÉ À LA BARAQUE.
ハッ

LA FILLE VA CRACHER LE MORCEAU, JE VOUS LE GARANTIS.
バンッ
APRÈS CE QUI NOUS EST ARRIVÉ À CAUSE D'ELLE...
ガチャッ
MAIS... KEN !
POURQUOI ES-TU ÉNERVÉ COMME ÇA ?
ハア
ハア
ハア
POURQUOI ? RÉFLÉCHIS UN PEU !
C'EST DEPUIS QUE CETTE FILLE S'EST RAMENÉE AVEC LE PERMIS DE CONDUIRE DE TON FRÈRE...
ハア
ハア
ハア
QUE TOUT EST PARTI EN VRILLE.
運転免許証

AH... OUI, C'EST VRAI...
MAIS ...
EH !
カチャッ
LA TRAÎNÉE !!
MAIS QUOI ?!
ELLE VA PARLER, CROIS-MOI !!
AH... KEN...
SUR TON VISAGE... DU SANG...
カチッ
PFF !
HÉ !

QUI ES-TU VRAIMENT ?
HEIN ?
ハア
ハア
ハア
CHAPITRE 11 - FIN

TU VAS RÉPONDRE ?!
ハア ハア
TRAÎNÉE !
CHAPITRE 12 PAR FIERTÉ
KEN, ATTENDS UN PEU.
C'EST QUAND MÊME ELLE QUI T'A SAUVÉ !
TES BLESSURES À LA TÊTE, ÇA VA ?
JE VAIS CHERCHER DES BANDAGES.
スッ
VOS GUEULES !!
VOUS ÊTES AVEUGLES OU QUOI ?!
ON SE FAIT MENER EN BATEAU !!

JE SUIS DÉSOLÉE.
運転免許証
CETTE FILLE EST ARRIVÉE AVEC LE PERMIS DE CONDUIRE DU FRÈRE D'AKI...
ET TOUT A COMMENCÉ À PARTIR DE TRAVERS !!

TOUT EST DE MA FAUTE.
JE VOUS DEMANDE PARDON.

TOI...
TU VAS CRACHER LE MORCEAU !
ギリ
ギリ
ギリ
AKI !! RETENONS-LE !!
KEN ! CALME-TOI !!
バキッ
HÉ ! NE VOUS MÊLEZ PAS DE ÇA !!
ガッ
AA-AH !!
JE VAIS TOUT VOUS DIRE.
ALORS, TU VOIS ? ASSIEDS-TOI.
ハア
ハア
ハア
ハア
ハア
ハア

QU'EST-CE QUE TU VEUX VRAIMENT ?!
ET QU'EST-CE QUE C'EST QUE CE MONSTRE ?!
ハア
ハア
ハア
ハア
ハア
POUR MOI ET PEUT-ÊTRE POUR LES AUTRES AUSSI...
CETTE FILLE RESTE CELLE QUI A SAUVÉ KEN !!
MAIS POUR KEN, IL EST CLAIR QUE CE N'EST PAS LE CAS !
IL LA TRAITE EN ENNEMIE !
C'EST PARCE QU'IL EST TRÈS FIER.
KEN S'EST FAIT SUCER LE SANG ET S'EST PISSÉ DESSUS DEVANT NOUS.
IL A RESSENTI UNE HONTE SANS ÉGAL.

POUR FINIR, C'EST UNE FILLE, NOTRE ENNEMIE, QUI L'A SECOURU.
DIFFICILE DE FAIRE PIRE.
N'ESSAIE PAS DE NOUS EM-BROUILLER !
ON VEUT DES RÉPONSES CLAIRES.
ハッ
ハッ
DANS CET ÉTAT, POUR NOUS, IL FAISAIT PEINE À VOIR.
ハア
ハア
REI.
QUOI ?
REI AOYAMA.
C'EST MON NOM.
EH ! TOI !!
ガタッ

DU CALME ! DU CALME !
PAS DE PRÉCIPITATION ! ÉCOUTONS-LA.
ENCHANTÉ.
MOI, C'EST NISHIYAMA.
ストッ
ALLONS, KEN.
RESTE ASSIS.
ハア ハア
BIEN JOUÉ !
J'AI PARÉ AU PLUS PRESSÉ...
MOI ?
ALLEZ SAVOIR POURQUOI, ON M'APPELLE KATÔ.
JE ME DEMANDE SI, CONNAISSANT LA FIERTÉ DE KEN...
BONJOUR.
JE M'APPELLE YUKI.
MAIS CETTE FILLE...
QUOI ?
ELLE NE FERAIT PAS EXPRÈS DE LE PROVOQUER...
EUH... MOI... JE...
POUR TOUT LE MONDE, C'EST « PON »

JE CONNAIS DÉJÀ AKI MAIS...
IL RESTE ENCORE LE MOUSTACHU QUI EST... ?
カチン
EH BIEN, EN FAIT, LUI...
C'EST KEN, UN GUITARISTE DE GÉNIE QUI POURRAIT BIEN SUCCÉDER À JIMMY HENDRIX !!
ゴンッ
POUR CE QUI EST DE SAVOIR QUI SONT CES MONSTRES ...
HONNÊTEMENT, JE L'IGNORE.
QUOI ?!
ガタッ
LA PRÉSENTATION FLATTEUSE DE KATÔ...
MAIS JE N'AI RIEN FAIT, MOI.
A EU L'EFFET INVERSE DE CELUI ESCOMPTÉ.
ひそ ひそ

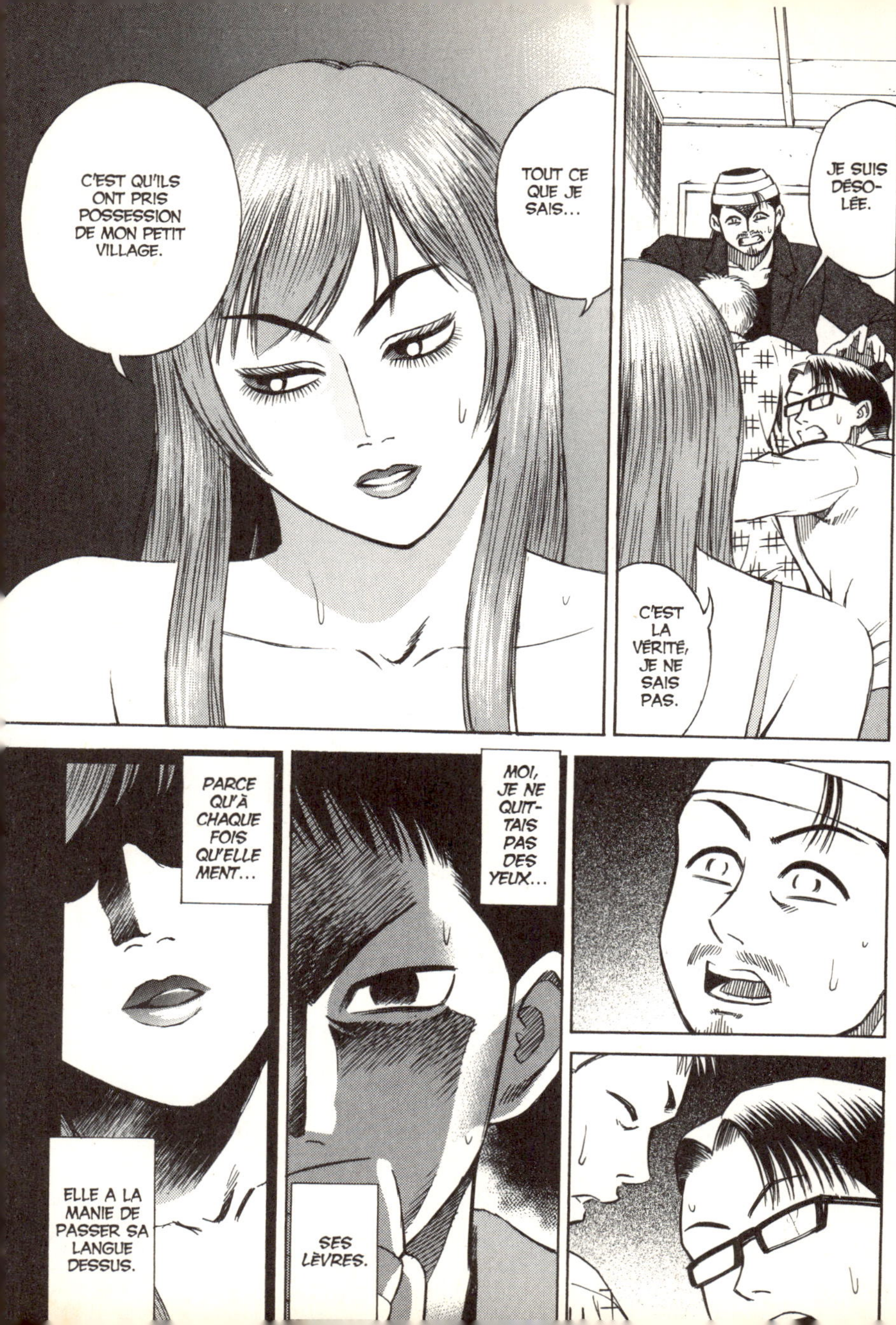
JE SUIS DÉSOLÉE.
C'EST LA VÉRITÉ, JE NE SAIS PAS.
TOUT CE QUE JE SAIS...
C'EST QU'ILS ONT PRIS POSSESSION DE MON PETIT VILLAGE.
MOI, JE NE QUITTAIS PAS DES YEUX...
SES LÈVRES.
PARCE QU'À CHAQUE FOIS QU'ELLE MENT...
ELLE A LA MANIE DE PASSER SA LANGUE DESSUS.

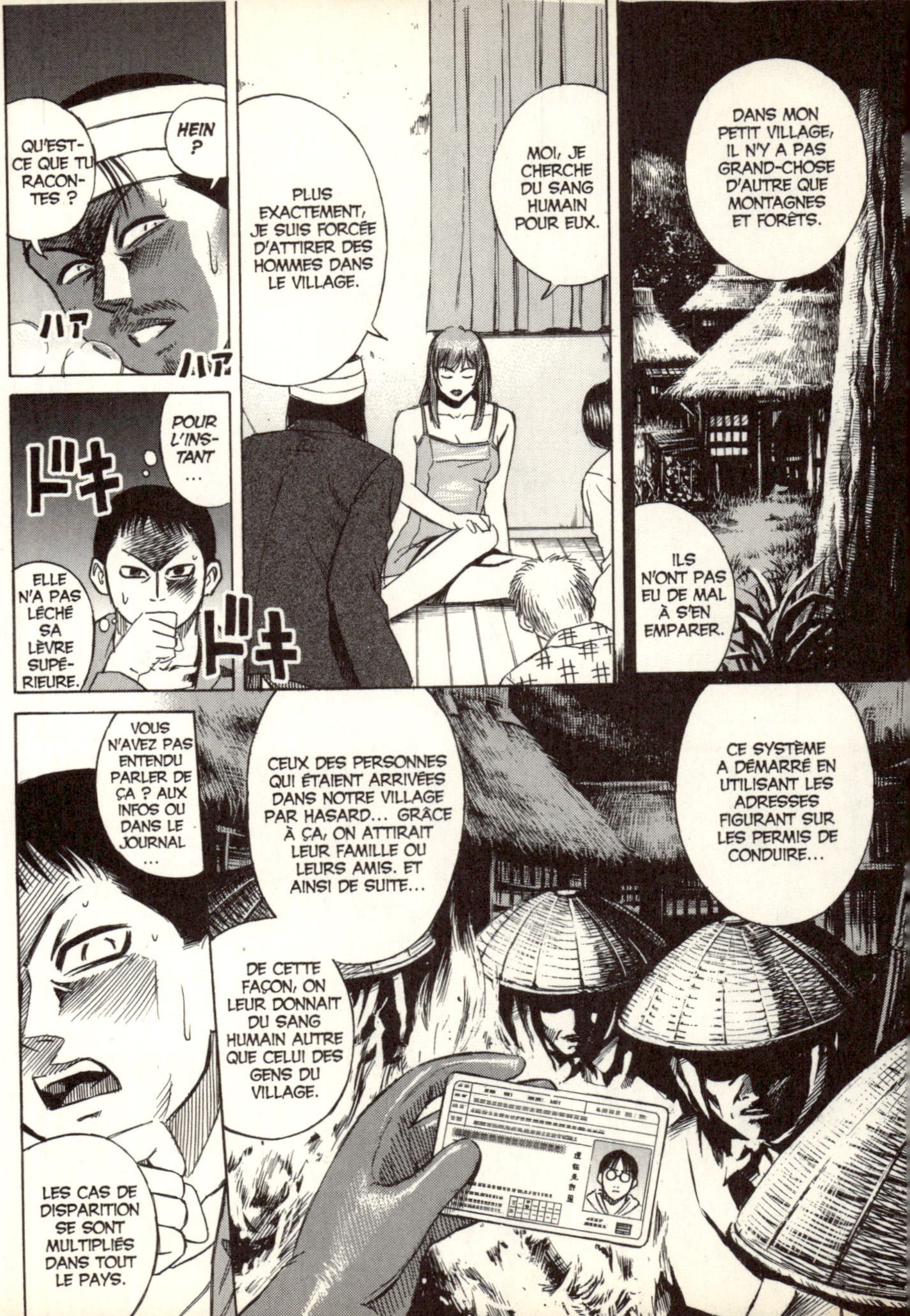
DANS MON PETIT VILLAGE, IL N'Y A PAS GRAND-CHOSE D'AUTRE QUE MONTAGNES ET FORÊTS.
ILS N'ONT PAS EU DE MAL À S'EN EMPARER.
MOI, JE CHERCHE DU SANG HUMAIN POUR EUX.
PLUS EXACTEMENT, JE SUIS FORCÉE D'ATTIRER DES HOMMES DANS LE VILLAGE.
HEIN ?
QU'EST-CE QUE TU RACONTES ?
ハア
ハア
POUR L'INSTANT ...
ドキ
ドキ
ELLE N'A PAS LÉCHÉ SA LÈVRE SUPÉRIEURE.
CE SYSTÈME A DÉMARRÉ EN UTILISANT LES ADRESSES FIGURANT SUR LES PERMIS DE CONDUIRE...
CEUX DES PERSONNES QUI ÉTAIENT ARRIVÉES DANS NOTRE VILLAGE PAR HASARD... GRÂCE À ÇA, ON ATTIRAIT LEUR FAMILLE OU LEURS AMIS. ET AINSI DE SUITE...
DE CETTE FAÇON, ON LEUR DONNAIT DU SANG HUMAIN AUTRE QUE CELUI DES GENS DU VILLAGE.
VOUS N'AVEZ PAS ENTENDU PARLER DE ÇA ? AUX INFOS OU DANS LE JOURNAL ...
LES CAS DE DISPARITION SE SONT MULTIPLIÉS DANS TOUT LE PAYS.

MAIS ALORS …
LORS-QU'ELLE M'A MONTRÉ LE PERMIS D'ATSUSHI C'ÉTAIT POUR…
POURQUOI NE VIEN-DRAIS-TU PAS DANS MON VILLAGE…
AVEC DEUX OU TROIS AMIS ?
ELLE…
ELLE AVAIT L'INTENTION DE ME LIVRER EN PÂTURE À CES MONSTRES ?!
AKI, PAR-DONNE-MOI.
À CE MOMENT-LÀ, J'ÉTAIS ENCORE SOUS LEUR SUR-VEILLANCE.
JE POUVAIS VRAIMENT PAS TE DIRE LA VÉRITÉ.
LÀ NON PLUS…
ドキ
MPF !
MPF !
ドキ
ドキ
ELLE N'A PAS LÉCHÉ SES LÈVRES.

ÇA VEUT DIRE QUE LE FRÈRE D'AKI EST DANS LE VILLAGE ?
OU ALORS QU'IL Y A ÉTÉ ?
JE VOUS RASSURE : IL EST PROBABLEMENT ENCORE EN VIE.
IL DOIT SE CACHER QUELQUE PART, SEUL DANS LA MONTAGNE.
ドキ
ASTUSHI EST VIVANT.
ELLE N'A PAS LÉCHÉ SES LÈVRES !
ドキ
BIEN SÛR, CE N'EST QU'UNE SIMPLE MANIE.
ÇA PEUT ÊTRE RASSURANT MAIS RIEN DE PLUS.
EH ! TOI !
POURQUOI TU FAIS TOUT CE QUE CE MONSTRE ...
ハア
ハア
TE DIT DE FAIRE ?

MA MÈRE ET MA PETITE SŒUR…
SONT RETENUES EN OTAGE.
ドキ
ドキ
COMMENT PEUT-ELLE SOURIRE…
EN ANNONÇANT UNE CHOSE PAREILLE ?!
ドキ
LÀ ENCORE…
ELLE NE LÈCHE PAS SES LÈVRES.
LORSQU'IL ME SUÇAIT LE SANG…
VOUS ÊTES ARRIVÉS EN PASSANT PAR LE BALCON DE L'HÔTEL, N'EST-CE PAS ?
IL EST ALORS PARTI À VOTRE POURSUITE.
EN RÉALITÉ, VOUS L'AVEZ INTERROMPU ET ÇA M'A SAUVÉ.
POUR ÊTRE FRANCHE, C'EST UN PEU COMME UN VIOL…
C'EST LÀ QUE JE ME SUIS DÉCIDÉE.
JE ME SUIS DIT QUE J'ALLAIS MISER SUR VOUS.

JE VOUS EN PRIE.
SUPPRIMEZ CES MONSTRES.
VOUS, VOUS EN ÊTES CAPABLES.
SI ON NE FAIT RIEN, À CAUSE DE MA TRAHISON...
ILS VONT TUER MA MÈRE ET MA SŒUR.

HA !
HA ! HA !
QU'EST-CE QU'ELLE RACONTE ?!
ドキ
ドキ
MAIS QU'EST-CE QU'ELLE RACONTE ?!
ドキ
J'AI COMPRIS.
JE SUIS MAINTENANT SÛR QU'ELLE PROVOQUE KEN VOLONTAIREMENT.
ELLE JOUE SUR SA FIERTÉ POUR PARVENIR À L'ENTRAÎNER.
QUOI ?
ハア
ハア

HA !
KEN ! QUAND MÊME...
ハア
ハア
ハア
TU NE VAS PAS TE LAISSER AVOIR SI FACILEMENT...
ハア
ハア
ハア
VOILÀ QUI EST AMUSANT.
AH... KEN !
TOI, LA FERME !
EH !
POURQUOI NE PAS AVERTIR PLUTÔT LA POLICE ?
ハア
ハア
ハア
QUELQU'UN A DÉJÀ ESSAYÉ PAR LE PASSÉ.
LE POSTE DE POLICE DU VILLAGE A ÉTÉ CONTACTÉ, CELA S'EST SU...
ET LES OTAGES ONT ÉTÉ TUÉS DISCRÈTEMENT.
ドキ
ドキ

ON NE PEUT PAS COMPTER SUR CE TYPE D'ORGANISATION.
DES DIZAINES DE PERSONNES ONT DISPARU ET LA POLICE N'EN A PAS ENCORE RETROUVÉ UNE SEULE.
DE PLUS, SI JE PARLE DE « MONSTRE »…
PERSONNE NE ME CROIRA.
CE N'EST PAS FAUX.
COMBIEN SONT-ILS ?
ILS ÉTAIENT TROIS MAIS L'UN EST MORT DONC…
IL N'EN RESTE PLUS QUE DEUX.
COMMENT ?
LES MONSTRES.

TIENS... ? ILS NE SONT PAS NOMBREUX EN FAIT.
HUM ?
JE VOIS.
ハア
ÇA NE PARAÎT PAS INFAISABLE.
ハア
ハア
KEN... NON... !
TU NE VAS PAS ACCEPTER QUAND MÊME ?!
ドキ
ドキ
ドキ

ELLE MENT !!
ELLE A MENTI SUR LE NOMBRE !!
ALORS ? ON POURRA ÉGALEMENT SAUVER LE FRÈRE D'AKI...
ハア
ハア
ON PEUT PRÉTEXTER UN VOYAGE DE FIN D'ÉTUDE ET Y ALLER EN GRAND NOMBRE.
ハア
ハア
IL N'Y A PLUS QUE DEUX MONSTRES...
ET VOUS ÊTES LES SEULS SUR LESQUELS JE PEUX COMPTER.
ATTENDS !!
ATTENDS UN PEU !!
ATT...
ガタッ

JE REFUSE.
カチッ
ドキ
HEIN ? QUOI ?
ドキ
ALORS TU NE COMPTAIS PAS ACCEPTER ?
ドキ
EH ! YUKI !
IL EST TARD. TU DOIS AVOIR SOMMEIL, NON ?
QUOI ?
NON, PAS SPÉCIALEMENT.
PON ! TU VAS RACCOMPAGNER YUKI JUSQUE CHEZ ELLE.
QUI ?
MOI ?
BEN ALORS, PON ?!
QU'EST-CE QUE TU ATTENDS ?!
AH !! OUI !! J'Y VAIS !!

バタンッ
IL EST ÉVIDENT QUE JE NE VEUX PAS QU'ELLE SACHE.
ELLE NE PARTICIPE PAS, C'EST CLAIR.
ILS VONT VOIR UN PEU, CES MONSTRES.
ON VA REPRENDRE L'AFFRONTEMENT.
ドキ
NON…
ドキ
NON…
ドキ
KEN ! ATTENDS UN PEU ! ÇA CRAINT !
がばっ
ELLE MENT !! C'EST SÛR ET CERTAIN !!
IMBÉCILE.
LE PERMIS DE CONDUIRE D'ATSUSHI, LUI, IL EST BIEN VRAI.
CE PETIT VOYAGE A POUR BUT…
D'ALLER SECOURIR TON FRÈRE.

ON Y VA EN NOMBRE ET SI ON VOIT QU'ON NE PEUT RIEN FAIRE, ON REPART.
OK ?
EN VOYANT LA DÉTERMINATION DE KEN...
JE ME SUIS RAPPELÉ QUE MA THÉORIE SUR LE MENSONGE...
NE S'APPUYAIT QUE SUR UNE SIMPLE PETITE MANIE.
MAIS J'ALLAIS REGRETTER TOUTE MA VIE...
LE FAIT DE NE PAS M'ÊTRE OPPOSÉ PLUS VIVEMENT CE JOUR LÀ À NOTRE DÉPART...
CHAPITRE 12 - FIN

ハア
ハア
ハア
ハア
C'EST BON. ON VA T'AP-PORTER NOTRE AIDE.
ON VA ÉLIMINER LES DEUX MONSTRES...
ET SAUVER LE FRÈRE D'AKI.
ハッ
ハッ
ハッ
CHAPITRE 13 AVEC LE TEMPS, ON OUBLIE LA PEUR

KEN A L'INTENTION…
ハア
ハア
ハア
YUKI… JE T'EN PRIE, IL FAUT Y ALLER… CE N'EST PAS BIEN.
SI KEN NOUS TROUVE, IL VA ME CRIER DESSUS.

D'ALLER AU VILLAGE DES MONSTRES SANS ME LE DIRE !
AH !
スッ
OUF...
ELLE A FINI PAR BIEN VOULOIR PARTIR.
BON, BEN, VOILÀ...
JE... J'Y VAIS ALORS...
OUI.
ガチャ
ハア
ハア
QUE FAIRE ?!
QUE FAIRE ?!

ON VA TOUS ALLER AU VILLAGE DE CETTE FILLE POUR SECOURIR ATSUSHI.
DÉPART LE LENDEMAIN DE LA CÉRÉMONIE DE FIN D'ANNÉE.
ドキ
ドキ
ドキ
ON PRÉTEXTERA UN VOYAGE DE FIN D'ANNÉE EN GROUPE. CELA NOUS PERMETTRA D'EMMENER DU MONDE AVEC NOUS.
LORS DES RECHERCHES, MIEUX VAUT ÊTRE NOMBREUX.
BIEN ENTENDU, POUR L'INSTANT, ON NE PARLE PAS DES MONSTRES !!
QUE FAIRE ?!
JE NE PEUX PAS REFUSER D'Y ALLER...
CE N'EST PAS POSSIBLE !
ALERIE MARCHANDE
EH BIEN, PON ?
TU NE VAS PAS NOUS DIRE QUE TU NE VEUX PAS NOUS AIDER À SECOURIR ATSUSHI ?
EXTERMINER DES MONSTRES, JE NE PEUX PAS !!
ドキ
ドキ

EST-CE BIEN COMME ÇA ?
EST-CE VRAIMENT LE BON CHOIX ?
ÇA NE VA PAS, KATÔ ?
TU AS VU L'HEURE QU'IL EST ?
ON VA ENCORE TUER CES MONSTRES...
EN FAIT...
J'AI EU ENVIE D'ENTENDRE TA VOIX.
HA ! HA !
ガチ
ガチ
ガチ
RIE MARCHANDE
AH BON ?
ALORS C'EST COMME ÇA UNE CARTE DE POLICE ?
POLICE

*PACHINKO : MACHINE À SOUS JAPONAISE, SEMBLABLES À UN FLIPPER VERTICAL.

APRÈS LA CÉRÉMONIE...
TU ME PROMETS QU'ON FÊTERA ÇA !
宮本青果店
宮本青果
SALUT AKI !
QU'EST-CE QUI T'ARRIVE ? DE BON MATIN, COMME ÇA...
PFFF...
POURQUOI PAS MAIS BON...
ÇA MANQUE DE NATUREL TOUT ÇA.
ON PARTIRA LE LENDEMAIN DE LA CÉRÉMONIE.
PAS UN MOT DE ÇA À YUKI.
EUH... RIEN DE SPÉCIAL...
AUJOURD'HUI, MES PARENTS NE SONT PAS LÀ, JE M'ENNUYAIS...
ET JE ME DEMANDAIS SI TU NE VIENDRAIS PAS PRENDRE UN THÉ À LA MAISON

TU PRENDS UN SUCRE, C'EST BIEN ÇA ?
OUI.
ÇA FAIT UN BAIL…
QUE JE N'ÉTAIS PAS VENU ICI.
ズズッ
AU FAIT…
TU VAS CONTINUER L'ARCHERIE À LA FAC' ?
HEIN ?
JE NE SAIS PAS…
POUR CE QUI EST DU PIANO, J'AIMERAIS BIEN…
CE SERAIT DOMMAGE D'ARRÊTER.
ÇA TE VA BIEN, JE TROUVE.

ポーン
C'EST DEMAIN…
LA « CÉRÉMONIE »…
ドキッ
EUH…
OUI, C'EST VRAI.
ON VA TOUS QUITTER LE LYCÉE.
JE N'AIME PAS ÇA.
L'IDÉE QU'ON VA TOUS ÊTRE SÉPARÉS.
TU NE PEUX PAS LE SAVOIR…
MAIS POUR MOI, C'EST D'ÊTRE SÉPARÉ DE TOI QUI M'EST LE PLUS DUR.

QUE POURRAIT-ON FAIRE ?
PAS GRAND-CHOSE.
C'EST PROBABLEMENT INÉVITABLE DANS LE PASSAGE À L'ÂGE ADULTE.
HA ! HA !
ÇA TE VA BIEN DE PARLER COMME ÇA, TIENS.
C'EST PLUTÔT MARRANT.
ジャーン
MARRANT ? AH BON ? ET POURQUOI ?
TU VEUX QUE JE TE JOUE QUELQUE CHOSE ?
POUR FÊTER TON DÉPART DANS LA VIE, UN PETIT REQUIEM.
EH ! OH !
AH... CE MORCEAU...

36ème CONCOURS SCOLAIRE DE PIANO
ザワ
KEN… IL Y A UN PROBLÈME, LÀ, NON ?
OUAIS…
ザワ
ザワ
POUR TA PREMIÈRE MONTÉE SUR SCÈNE…
TU ÉTAIS PÉTRIFIÉE.
BEN ALORS ?!
C'EST PAS LE MOMENT DE FLANCHER !!
カチン
GRRR
TE MOQUANT DU REGARD DES AUTRES…
ザワ
ザワ
TU T'ES TOURNÉE VERS MOI ET…
んべっ

HA ! HA ! CE SONT DES BONS SOUVENIRS.
TU AS TOUJOURS LE PRIX QUE TU AVAIS REÇU ?
ガタッ
ばっ
QUE… QUE…
QU'EST-CE QUI TE PREND ?!
ドキ
ドキ
ドキ
LORSQUE KEN S'EST FAIT SUCER LE SANG…
JE…
J'ÉTAIS PARA-LYSÉE.
J'AI ÉTÉ INCAPABLE DU MOIN-DRE GESTE.

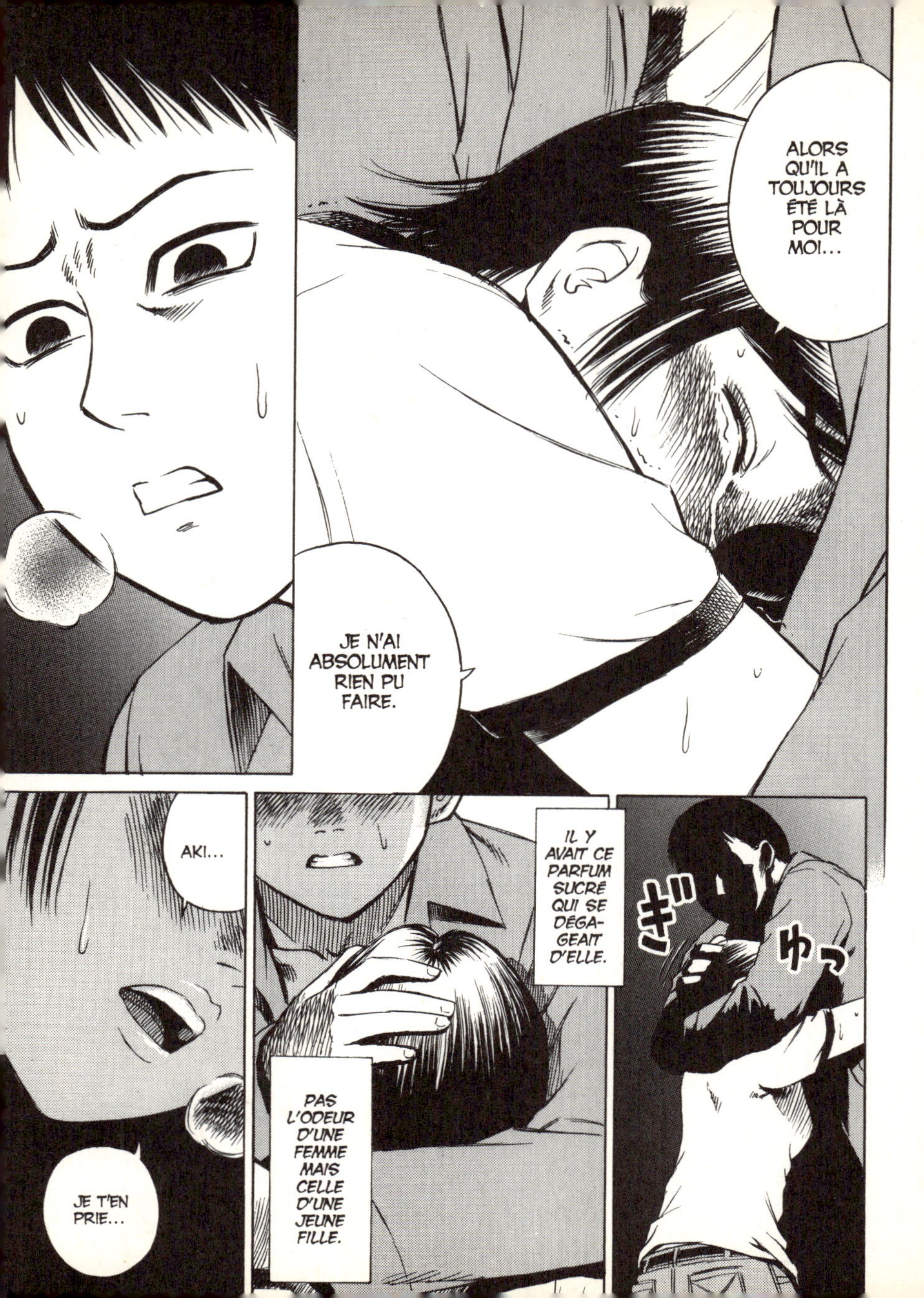
ALORS QU'IL A TOUJOURS ÉTÉ LÀ POUR MOI...
JE N'AI ABSOLUMENT RIEN PU FAIRE.
ゆっ
ギ
IL Y AVAIT CE PARFUM SUCRÉ QUI SE DÉGAGEAIT D'ELLE.
PAS L'ODEUR D'UNE FEMME MAIS CELLE D'UNE JEUNE FILLE.
AKI...
JE T'EN PRIE...

OPPOSE-TOI À KEN.
EMPÊCHE-LE D'ALLER DANS LE VILLAGE DES MONSTRES.
ÉCOUTE, VOULOIR TOUT ARRÊTER MAINTENANT, AKI...
ARCHANDE
KEN A DÉJÀ RÉUNI TOUT UN GROUPE.
ENFIN, SI C'EST POUR YUKI...
JE VEUX BIEN T'AIDER MAIS...
JE SUIS DÉSOLÉ...
ALLONS, TU SAIS QUE POUR YUKI JE SUIS PRÊT À TOUT.
MAIS RÉFLÉCHIS BIEN QUAND MÊME.
C'EST QUAND MÊME POUR SECOURIR TON FRÈRE QU'ON A DÉCIDÉ D'Y ALLER.
OUI, C'EST VRAI QUE S'IL EST VRAIMENT LÀ-BAS...
J'AIMERAIS QU'ON Y AILLE MAIS...
RIEN À FAIRE...
IMPOSSIBLE DE DORMIR.
コッ
コッ

ドンッ
QU'EST-CE QUE C'ÉTAIT ? IL EST TARD POURTANT…
AH ! PAPA EST RENTRÉ ?
ガタ ガタ ガタ
米千俵
ENCORE EN TRAIN DE BOIRE ?
JE NE VEUX PAS VOIR ÇA.
ポタッ ポタッ
UUH…
UUH…
C'EST TERMINÉ… TERMINÉ…
LE SUPERMARCHÉ DEVANT LA GARE NOUS A PRIS TOUS NOS CLIENTS.
LA GALERIE MARCHANDE EST FINIE…
PAPA…
IL PLEURE ?

AAH !
SI SEULEMENT TOI…
TU ÉTAIS ENCORE LÀ…
J'AURAIS ENCORE L'ENVIE DE TENTER QUELQUE CHOSE…
ポタッ
ポタッ
第27
卒業式
高
ポタッ
ポタッ

ザワ
ザワ
ザワッ
卒業式
UN VOYAGE DE FIN D'ÉTUDE GRATUIT !!
QUE TOUS CEUX QUI SONT LIBRES PLUSIEURS JOURS À COMPTER DE DEMAIN VIENNENT !!
IL RECRUTE..
KEN EST DÉJÀ PASSÉ À L'ACTION.
ガバッ
QUE FAIT-ON, AKI ?
SI ON LE LAISSE CONTINUER ...
IL DEVIENDRA IMPOSSIBLE DE FAIRE MACHINE ARRIÈRE.
LA DESTINATION ?!
JE N'EN SAIS RIEN !! MAIS C'EST UN PETIT VILLAGE DE CAMPAGNE !!
QUOI ?!
C'EST BIEN COMME ÇA.
QUOI ?!

QU'EST-CE QUI T'ARRIVE ?
ET YUKI ? TU L'AS OUBLIÉE ?
NON MAIS IL N'Y AURA PAS DE PROBLÈME. PROBABLEMENT...
EH ! OH !
ENFIN, JE COMPRENDS MAIS...
MOI AUSSI, AU DÉBUT, J'AVAIS UN PEU LA TROUILLE MAIS...
JE ME SUIS DIT QUE SI ÇA CRAIGNAIT TROP, IL SUFFISAIT DE REPARTIR.
ET PUIS UN VOYAGE TOUS ENSEMBLE COMME ÇA, JE SENS QUE ÇA VA ÊTRE GÉNIAL.
JE SUIS DÉJÀ TOUT EXCITÉ.
REGARDE ! KATÔ N'A PAS PERDU DE TEMPS.
IL ABORDE TOUTES LES FILLES POUR LES INVITER À VENIR.
KYA ! UN PERVERS !
SALUT TOI !
LUI, ALORS...
EH ! CEUX QUI NE FONT RIEN !!
VENEZ DONNER UN COUP DE MAIN À PORTER LES CHAISES DANS LE GYMNASE.
36ÈME CONCOURS SCOLAIRE DE PIANO

ドキ ドキ
ドキ
MERDE !
ぐっ
MOI AUSSI...
ドキ ドキ
NUMÉRO 35...
AKI MIYAMOTO !
MOI AUSSI !!
ドキ

OUI, C'EST MOI !!
ガタッ
QU'EST-CE QUI T'A PRIS DE GUEULER ET DE TE FAIRE REMARQUER COMME ÇA ?!
CE N'ÉTAIT PAS VOLONTAIRE…
27ÈME CÉRÉMONIE DE FIN
EUH…
HEIN ?
TU SAIS QUE ÇA NE SE FAIT PAS…
EUH … PARDON …

NISHIYAMA...
TU VEUX BIEN ME DONNER TON DEUXIÈME BOUTON DE VESTE ?
HEIN ? QUI ? MOI ?
ARGH ! JE SUIS VERT ! TU PLAIS À UNE FILLE ?!
AT-TENDS ... AÏE !!
ET UNE PHOTO AUSSI ...
カシャ
LE LEN-DEMAIN
宮本青
みかん
ぶどう
ギゅっ
HUM ?

TOUT LE MONDE ATTEND DEVANT LA GARE.
ALLONS-Y.
OUI.
ON EST PARTIS.
POUR SECOURIR...
カット
よしの
SARASHINA
更科
たばこ
MON FRÈRE.
CHAPITRE 13 - FIN

EH ! MAMAN …
TU N'AURAIS PAS VU MON REVOLVER ?
NON. 'PAS VU D'OBJET PAREIL ICI !
C'EST BIZARRE, ÇA. IL MANQUE AUSSI LES BALLES.
EST-CE QUE C'EST PON QUI L'AURAIT TOUCHÉ ?
おもちゃの
PON !
EH ! PON !
ハア
GRAND FRÈRE…
ハア
ハア
DÉSOLÉ…
CHAPITRE 14 EN NOMBRE
ドキ
ドキ
MOI, JE PARS AFFRONTER…
DES MONSTRES !!
ドキ

オオオオ

ゴォ
オ
オ
オ
オ
オ

KEN ET KATÔ S'ÉTAIENT DÉMENÉS ET ÉTAIENT PARVENUS À RÉUNIR PRÈS DE TRENTE PERSONNES POUR LE VOYAGE.
BIEN ENTENDU, ILS N'ONT PARLÉ QUE D'UN VOYAGE DE FIN D'ANNÉE.
ワー
ワー
駅
HEIN ?! ÇA FAIT DU MONDE TOUT ÇA !!
VOUS AVEZ OUBLIÉ QU'ON NE PART PAS FAIRE LA FÊTE OU QUOI ?!
GRÂCE À SES RELATIONS, KEN AVAIT PU LOUER UN BUS AVEC CHAUFFEUR.
NON...
C'EST BIEN COMME ÇA.
ON PART À LA CHASSE AUX MONSTRES.
ET PLUS ON EST NOMBREUX, MIEUX C'EST.
ALORS SOIT GENTIL, PAS D'AFFOLEMENT INUTILE...
QUI POURRAIT EN DISSUADER DE VENIR.

QUOI ?! SÉRIEUX ?!
ドドッ
ザワ
ザワ
HA ! HA ! HA !
EST-IL VRAIMENT NÉCESSAIRE…
D'ÊTRE SI NOMBREUX ?!
ドドンッ
ドン ドン ドン
プシュー
ハア
ハア
ハア

QU'EST-CE QUE TU FAIS LÀ ?!
RENTRE CHEZ TOI !!
PAS QUESTION !

TAIS-TOI !!
ET DES-CENDS DU BUS !!
KEN !!
NON.
TU ES DÉGUEU-LASSE, KEN !!
ELLE A AUSSI LE DROIT DE VENIR EN VOYAGE !!
VOS GUEU-LES !!

TU N'AS PARLÉ À TOUT LE MONDE QUE D'UN VOYAGE DE FIN D'ANNÉE, N'EST-CE PAS ?
PLUS ON EST NOMBREUX, MIEUX, C'EST, NON ?
ぐ
AKI ET MOI FERONS TOUT NOTRE POSSIBLE POUR LA PROTÉGER.
ぐっ
ALORS ...
KEN !!
RETENEZ-LE !!
ガン
AAH !!
ストッ
ブロロロロロロ

ALORS QU'IL A TOUJOURS ÉTÉ LÀ POUR MOI…
ぽろ
ぽろ
JE N'AI ABSOLUMENT RIEN PU FAIRE.
LES INSTRUMENTS D'ARCHERIE DE YUKI, POSÉS À CÔTÉ D'ELLE…
M'ÉTAIENT TRÈS PÉNIBLES À VOIR.
ゴオオ
オオオ
どっ
ワー
ワー
PON, ÇA NE VA PAS ? TU AS MAUVAISE MINE…
AH…
SI…
TOUT VA BIEN.

MERCI...
D'ÊTRE VENU.
TU SAIS ...
CE N'EST PAS POUR TOI QUE JE SUIS LÀ.
JE...
LE LYCÉE, C'EST FINI.
JE DOIS DEVENIR PLUS FORT.
MAIS J'ESPÈRE QU'ON VA RETROUVER TON FRÈRE.
ハア
ハア
ハア
ハア
ハア
ハア

ゴオオオ
オオオ
ON S'EST ARRÊTÉS PLUSIEURS FOIS SUR DES AIRES DE REPOS D'AUTO-ROUTE…
LA NUIT APPROCHAIT DOUCEMENT.
LA MER.

QUE TOUT LE MONDE DESCENDE.
ON DOIT PRENDRE LE BATEAU.
キッ
ATTENDS UN PEU !!
ぐっ
MON VILLAGE SE TROUVE SUR UNE ÎLE.
ワー
QUE...
ワー
QUOI ?!
QU'EST-CE QUE ÇA VEUT DIRE ?!

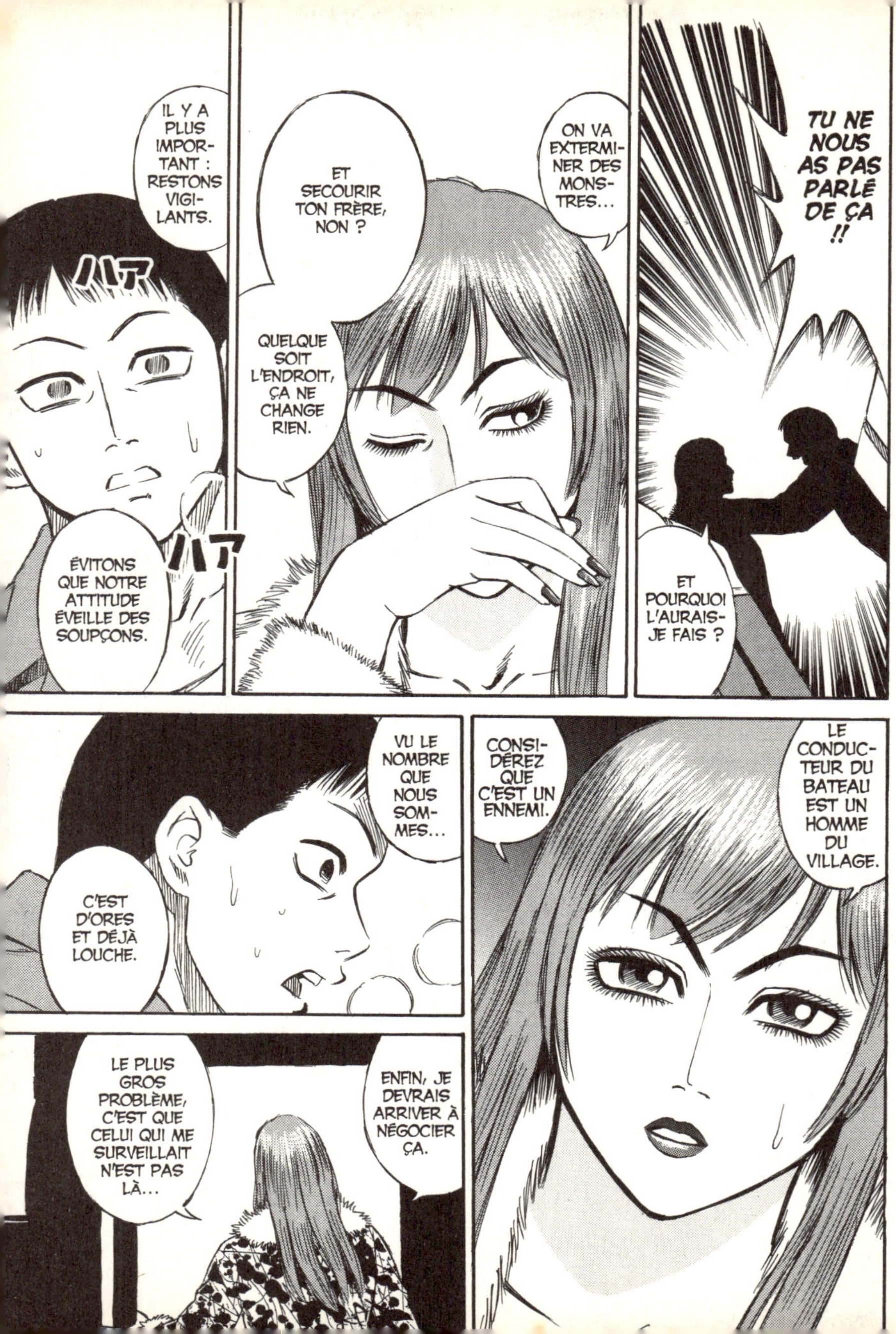
TU NE NOUS AS PAS PARLÉ DE ÇA !!
ET POURQUOI L'AURAIS-JE FAIS ?
ON VA EXTERMINER DES MONSTRES...
ET SECOURIR TON FRÈRE, NON ?
QUELQUE SOIT L'ENDROIT, ÇA NE CHANGE RIEN.
IL Y A PLUS IMPORTANT : RESTONS VIGILANTS.
ハア
ハア
ÉVITONS QUE NOTRE ATTITUDE ÉVEILLE DES SOUPÇONS.
LE CONDUCTEUR DU BATEAU EST UN HOMME DU VILLAGE.
CONSIDÉREZ QUE C'EST UN ENNEMI.
VU LE NOMBRE QUE NOUS SOMMES...
C'EST D'ORES ET DÉJÀ LOUCHE.
ENFIN, JE DEVRAIS ARRIVER À NÉGOCIER ÇA.
LE PLUS GROS PROBLÈME, C'EST QUE CELUI QUI ME SURVEILLAIT N'EST PAS LÀ...

CELUI QUI LA SUR-VEILLAIT ?!
ハア
ハア
C'EST …
L'HOMME QUE NOUS AVONS TUÉ !!
ELLE Y VA SEULE ?!
ÇA VA ALLER ?!

ザザーーッ
バシャ
バシャ
ハア
ハア
ワー
ワー
キャッ
ARRÊTE ! JE VAIS TOMBER !
キャッ
ぐいっ

HEIN ?!
QUE...
QUOI ?!
MAIS ...
ELLE SE FAIT FRAPPER ?!
ウーウー
キャッ
キャッ
ÉVITONS QUE NOTRE ATTITUDE ÉVEILLE DES SOUPÇONS.

!!
ワー
ワー
MERDE !!
QU'EST-CE QUE JE DOIS FAIRE ?!

COMME SI J'ALLAIS TOUT RACONTER... PFF !
ALLEZ. C'EST ARRANGÉ.
ハア
ハア
ハア
ゴォオオオ

IMPOSSIBLE.
LE BATEAU EST TROP PETIT POUR PRENDRE TOUT LE MONDE.
HEIN ?
ギシ
ギシッ
ぐっ
ON VA FAIRE DEUX GROUPES. DANS 15 MINUTES ...
UN AUTRE BATEAU VIENDRA RÉCUPÉRER CEUX QUI RESTENT
ハア ハア
ギシ
ギシ
PLUS QU'UN AU REVOIR, ÇA RESSEMBLE À DES ADIEUX.
ブロロ
ロロ
TAIS-TOI, IMBÉCILE !
ハア
ハア

ON PASSERA SUR LES DÉTAILS MAIS...
IL N'Y A JAMAIS EU DE DEUXIÈME BATEAU.
ET PLUS TÔT QUE PRÉVU...
NOUS AVONS PERDU LA MOITIÉ DU GROUPE ET NOUS N'ÉTIONS PLUS QUE 12.
CHAPITRE 14 - FIN

CHAPITRE 15 HIGANJIMA
ON VA TUER LES MONSTRES.
JE LE GARANTIS.
ON VA SECOURIR...
MON FRÈRE.
COÛTE QUE COÛTE...
ON PROTÈGERA YUKI

オオオ

ゴオ
ÇA DEVAIT BIEN FAIRE DEUX HEURES QU'ON ÉTAIT PARTIS...
ET TOUJOURS PAS D'ÎLE EN VUE.
ドボ
ドボ
ドボ

ハア
ハア
ハア
ÇA VA ALLER.
ハア
ハア
ハア
ÇA VA ALLER.
ガタ
ガタ
ガタ

ELLE ?
ELLE A PEUR ?
DIS-MOI, L'ÎLE SUR LAQUELLE ON VA...
CONCRÈTEMENT, ELLE EST DANS QUELLE SITUATION...
MA MÈRE ET MA SŒUR...
SONT RETENUES EN OTAGE.
IMBÉCILE ! NORMAL QUE TU TE FASSES PLAQUER !!
あはは
MAIS NON ENFIN... JE...
COMMENT ÇA « NON » ? TU T'ES FAIT JETER, VOILÀ, C'EST TOUT !
あはは
MAIS... PAS SI FORT, ENFIN...
NON.
C'EST KEN ET TOI QUI AVEZ RECRUTÉ, NON ?
ゴオオ
OUI MAIS ON A RASSEMBLÉ DES PERSONNES UN PEU AU HASARD, TU SAIS...
オオ
カチッ
EH ! AKI !
ズッ
TU LES CONNAIS, EUX ?

LUI, JE LE CONNAIS.
QUI ? QUI ?
オオオオ
LE TYPE QUI FUME, COMPLÈTEMENT À GAUCHE.
C'EST LE BASSISTE DU GROUPE DE KEN.
AH OUI ! TU AS RAISON ! D'AILLEURS IL A APPORTÉ SON INSTRUMENT.
IL A L'INTENTION DE S'ENTRAÎNER TOUT SEUL OU QUOI ?
VA SAVOIR...
MOI, JE CONNAIS LE COUPLE QUI EST LÀ-BAS.
HEIN ?
ILS SE SONT RENCONTRÉS DANS UN DÎNER QUE MEGUMI ET MOI AVIONS ORGANISÉ.
HEIN ? DEUX DE VOS VICTIMES ?
ILS SE CONNAISSAIENT À PEINE MAIS APPAREMMENT, LE COURANT EST TOUT DE SUITE PASSÉ...
ILS ONT PARLÉ DE MARIAGE ET IL LUI A OFFERT UNE BAGUE.
EH...
ILS SONT HEUREUX, C'EST BIEN, NON ?

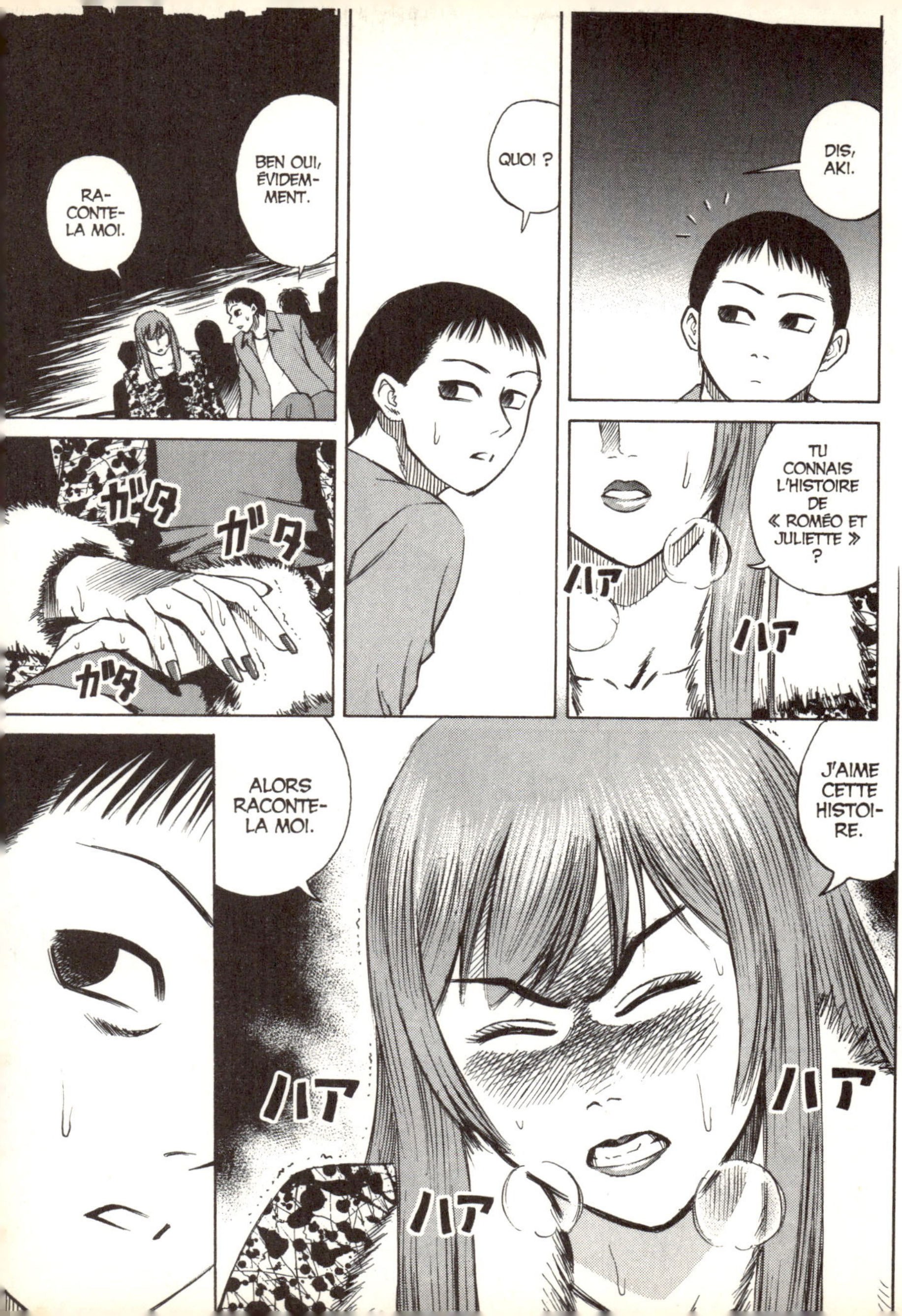

DIS, AKI.
QUOI ?
TU CONNAIS L'HISTOIRE DE « ROMÉO ET JULIETTE » ?
ハア
ハア
BEN OUI, ÉVIDEMMENT.
RA-CONTE-LA MOI.
ガタ
ガタ
ガタ
J'AIME CETTE HISTOI-RE.
ハア
ハア
ALORS RACONTE-LA MOI.
ハア

C'EST-À-DIRE QUE... JE NE M'EN SOUVIENS PAS TRÈS BIEN...
PEU IMPORTE ! JE T'EN PRIE !
TU PEUX INVENTER SI TU VEUX !
TU ESPÈRES DEVENIR ROMANCIER, NON ?!
ゴオオ
オオ
TOUT EN SE CACHANT LES YEUX, ELLE ÉCOUTAIT MON HISTOIRE ATTENTIVEMENT.
ハア
ハア
C'EST COMME SI ELLE ESSAYAIT DE S'ENFUIR, DE TOUTES SES FORCES.
MERCI.
C'EST UNE BELLE HISTOIRE.
ハア
ハア

OUI…
MERCI …
ハア
ハア
J'AI TOUJOURS AIMÉ CETTE HISTOIRE.
ロミオとジュリエット
LES SOIRS OÙ J'AVAIS PEUR…
J'ARRIVAIS À RETROUVER LE CALME EN LA LISANT.
BON… TU PEUX ME DIRE MAINTE-NANT…
C'EST ÉTONNANT QUE TU TREM-BLES COMME ÇA.
CETTE ÎLE EST DONC UN ENDROIT SI TERRI-FIANT ?
ハア
ハア
ハア
LE VILLAGE OÙ L'ON VA…
QUELLE EST SA SITUA-TION …
ハア
ハア
ハア
ハア
JE…
J'AVAIS DEUX SŒURS.

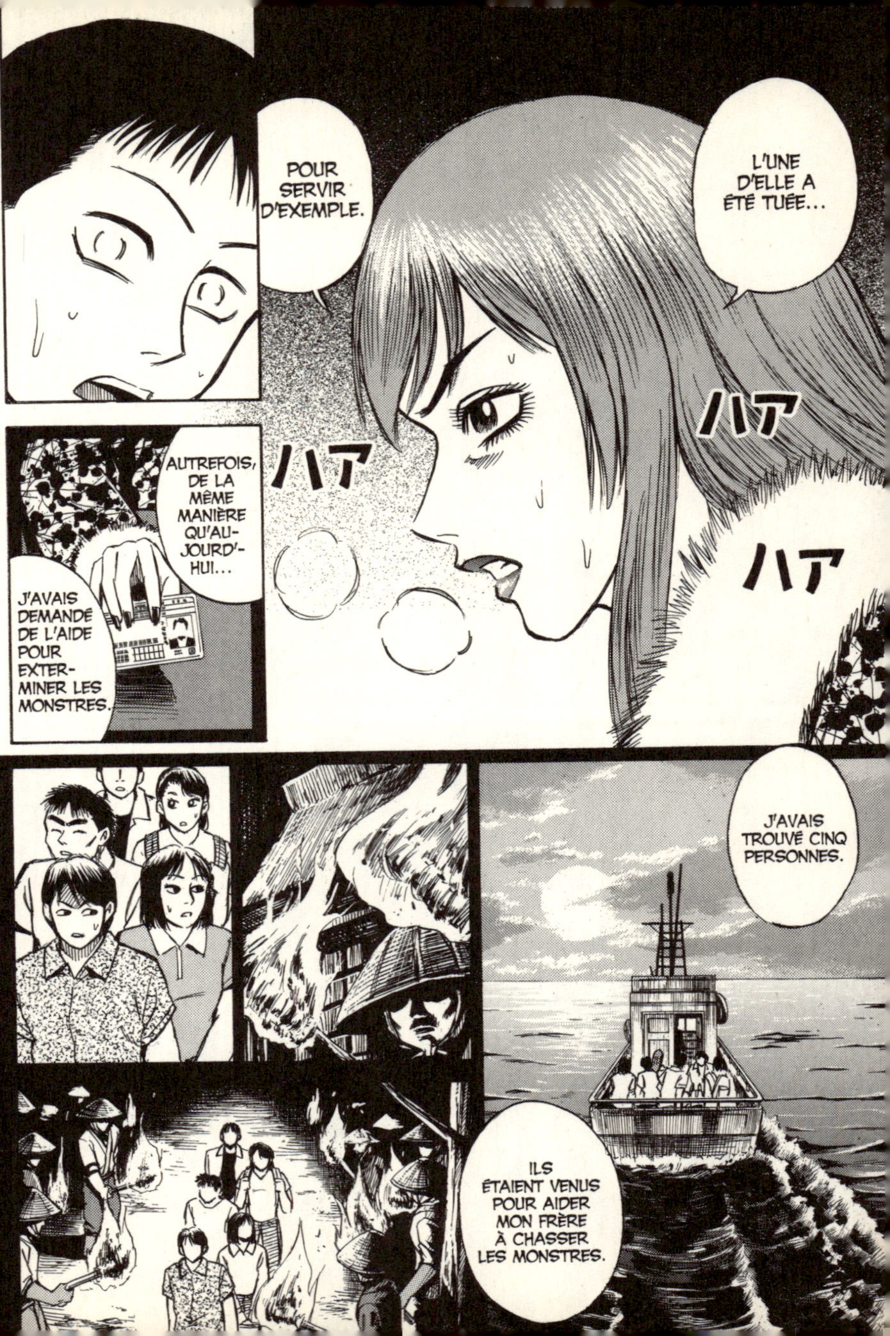
L'UNE D'ELLE A ÉTÉ TUÉE…
POUR SERVIR D'EXEMPLE.
ハア
ハア
ハア
AUTREFOIS, DE LA MÊME MANIÈRE QU'AU-JOURD'-HUI…
J'AVAIS DEMANDÉ DE L'AIDE POUR EXTER-MINER LES MONSTRES.
J'AVAIS TROUVÉ CINQ PERSONNES.
ILS ÉTAIENT VENUS POUR AIDER MON FRÈRE À CHASSER LES MONSTRES.

DÈS LE PREMIER SOIR, L'UN D'EUX A DISPARU.
ハア
ハア
LE SUIVANT…
EST PARTI AUX TOILETTES ET N'EST JAMAIS REVENU.
ILS QUESTIONNÈRENT LES GENS DU VILLAGE MAIS…
CES DERNIERS RÉPONDIRENT QU'ILS ÉTAIENT REPARTIS.
ENSUITE, ILS SONT ALLÉS DANS LA FORÊT…
POUR LES CHERCHER.
L'UN DISPARUT…
PUIS DEUX…
LE DERNIER QUI RESTAIT DEMANDA DE L'AIDE AUX GENS DU VILLAGE.

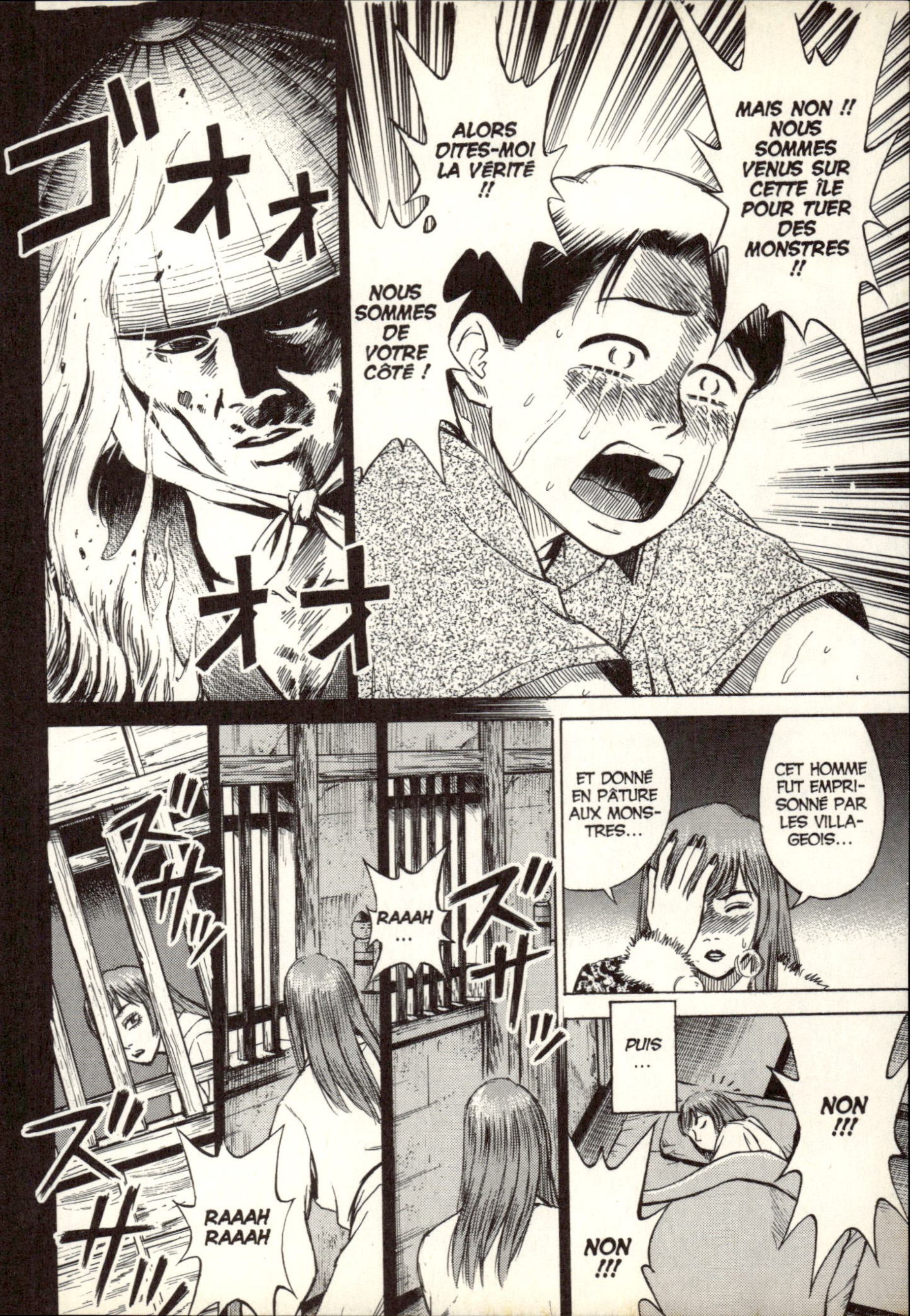
MAIS NON !! NOUS SOMMES VENUS SUR CETTE ÎLE POUR TUER DES MONSTRES !!
ALORS DITES-MOI LA VÉRITÉ !!
NOUS SOMMES DE VOTRE CÔTÉ !
ゴオオ
オオ
CET HOMME FUT EMPRI-SONNÉ PAR LES VILLA-GEOIS...
ET DONNÉ EN PÂTURE AUX MONS-TRES...
PUIS ...
NON !!!
NON !!!
ズザッ
RAAAH ...
ズザッ
RAAAH RAAAH
ズザッ

POUR AVOIR TRAHI LE SECRET DU VILLAGE...
UNE PUNITION FUT DÉCIDÉE : L'EXÉCUTION DE MA SŒUR.
ALORS JE T'EN PRIE : TU NE DOIS FAIRE CONFIANCE À PERSONNE D'AUTRE QUE MOI AU VILLAGE.
ガタ
TOUT LE MONDE EST DEVENU FOU.
L'ÎLE TOUT ENTIÈRE EST SOUS LE CONTRÔLE DES VAMPIRES.
ガタ
ガタ
OOOH !
ÇA Y EST ! C'EST L'ÎLE !

ゴオオオオオ
QUOI ?! C'EST ÇA ?!
CE N'ÉTAIT PAS PRÉVU COMME ÇA !!
COMMENT FERA-T-ON POUR RENTRER...
SI ÇA TOURNE MAL ?!
DIS...
ハア
ハア

IL FAIT TRÈS SOMBRE ET ON NE VOIT PAS BIEN MAIS…
ハア
ハア
CES TRUCS ROUGES QUE L'ON VOIT TOUT AUTOUR DE L'ÎLE, QU'EST-CE QUE C'EST ?
DES FLEURS
LES HIGAN-BANA.
ELLES FLEURIS-SENT TOUTE L'ANNÉE SUR L'ÎLE.
ハア
ハア
オ
オ
オ
オ
CETTE ÎLE…
COMMENT S'APPELLE-T-ELLE ?
ぐっ

HIGANJIMA.

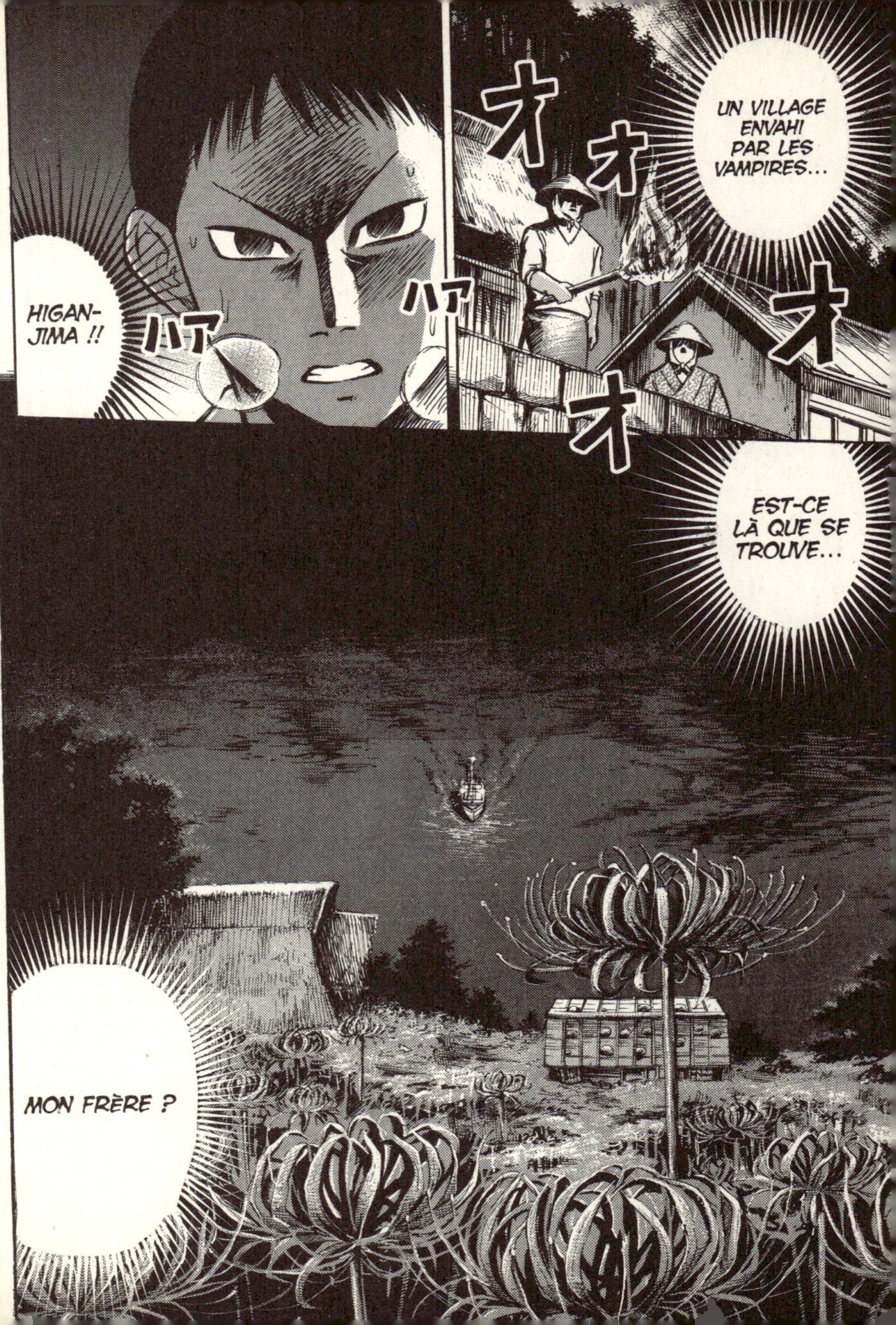
UN VILLAGE ENVAHI PAR LES VAMPIRES…
オオオオ
HIGAN-JIMA !!
ハア
ハア
EST-CE LÀ QUE SE TROUVE…
MON FRÈRE ?

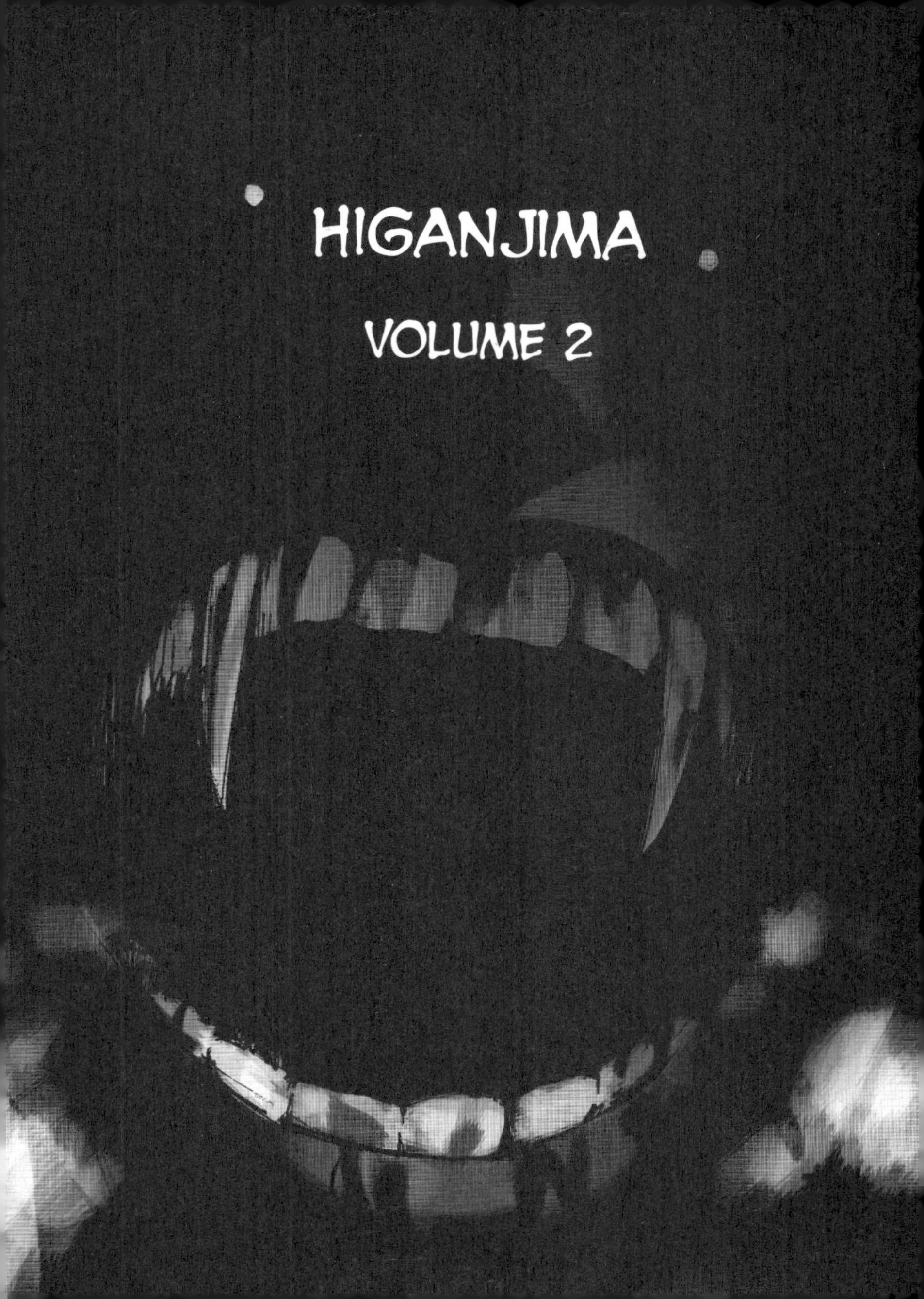
HIGANJIMA
VOLUME 2

KOJI
MATSUMOTO
HIGANJIMA
L'ÎLE DES VAMPIRES
1

KOJI
MATSUMOTO
HIGANJIMA
L'ÎLE DES VAMPIRES
3
SOLEIL MANGA

BATTLE ROYALE
KOUSHUN TAKAMI & MASAYUKI TAGUCHI
1
POUR PUBLIC AVERTI
BATTLE ROYALE 2
3 BATTLE ROYALE
4 BATTLE ROYALE
5 BATTLE ROYALE
BATTLE ROYALE 6
7 BATTLE ROYALE
8 BATTLE ROYALE
9 BATTLE ROYALE

Seriez-vous prêt à tuer
vos amis pour survivre ?
BATTLE ROYALE
TAKAMI & TAGUCHI